JN126556
「このソース、なに？
おかし？
おくちがキュンッてする！」
Illustration :
Yuumi Suoh

暴君王に愛のレシピ

～弟王子の専属お菓子係になりました～

星野 伶

イラストレーション／周防佑未

目次

この作品はフィクションです。
実在の人物・団体・事件などに
一切関係ありません。

暴君王に愛のレシピ

～弟王子の専属お菓子係になりました～

「はぁ……」

大きなため息と共に、那月は店内を見回す。

一昨日までは木製の棚とショーケースが並んだ明るく清潔感のある内装だったのに、今は見る影もないほど、どこもかしこも黒焦げになっている。

「ショーケースはガラスが割れちゃったし、焼き菓子の陳列棚も焦げてる。厨房のオーブンも駄目になって……」

那月は現状を口に出し、深く項垂れた。

こうなってしまった原因は、隣家で起きた火災。

鍋を火にかけたまま買い物に出てしまい、出火したらしい。その火が燃え広がり、那月の生まれ育った実家も一階の店舗部分がひどく焼けてしまった。

幸い隣家の住人である老夫婦に怪我はなく、那月も勤務先の洋菓子店で仕事中だったため、負傷者はいない。

老夫婦は火事の一報を聞き急いで帰宅した那月を見て、心から申し訳ないと謝罪してくれた。

両親を二年前に亡くし、当時まだ専門学校生だった自分を何かと気にかけてくれた老夫婦を責める気は起きず、火事があった日から今日までは勤務先の店長宅でお世話になり、しばらく休みをもらって日中は実家の片づけをしている。

「まさか、こんなことになるなんて……」

この店は両親が営(いとな)んでいた洋菓子店。

二人が事故で亡くなって以来、ずっと閉店しているが、一人息子の那月はいつかこの店を復活させたいという夢を抱き、父の友人の店でパティシエとして修業している。

それなのに、肝心(かんじん)の店がこのような状態になってしまい、今にも心が折れそうだった。

「でも、内装を綺麗にして、機材を新しくすれば……」

きちんと修理すれば営業出来るようになる。

けれど、ここまで損傷してしまったら大規模な修繕が必要で、那月が継ぎたかった両親の店ではなくなってしまう気がする。

父と母が大事に守ってきたこの洋菓子店にいると二人の気配が感じられて、だから自分もこの店を再開させたいと思っていた。

だが、火事で何もかも失ってしまったのだ。

「守りたいお店もないのに、パティシエを続ける意味ってあるのかな……」

那月にとって、目指すべきパティシエは父親だ。

父の店を継ぐことが幼い頃からの夢だった。

両親に次いで店まで失い、両親が亡くなった時と同じくらいの悲しみが胸にこみ上げてきて、これから先の進むべき道を見失いかけている。

那月は悲しみを胸に、暗い店内で一人佇んでいた。

その時だ。

ドンッと大きな音が店の奥から聞こえてきた。

「わっ、何!?」

那月は涙が滲む目元を擦り、音がした厨房へ向かう。

火事の影響でどこかが崩れたのか、または何かが割れたのか?

——天井が崩れてたらどうしよう。

心配しつつ厨房へ足を踏み入れ、室内を見回す。

一見何も変わりがないように見えたが、業務用オーブンの扉が全開になっている。

「閉めてあったはずなんだけどな」

火事の影響で扉に不具合が出ているのだろうか。

それにあの大きな音はなんだったのだろう。

那月は不思議に思いながら、扉を閉めようとオーブンの前に立つ。

扉に手をかけ、ふとオーブンの中に目を向け、首を傾げる。

「え、真っ黒……？」

厨房も火事の影響であちこち煤けているが、それにしてもオーブンの中がブラックホールのように真っ黒というのはおかしい。

「どういうこと？」

那月はオーブンの中を確認するため顔を近づけ、暗闇に目を凝らす。

オーブンの中には鉄板が置いてあったはず、と手を伸ばしてみるが、何も触れない。

ますます訳が分からなくなって、もっと奥を確かめようと身を乗り出し、左手で底を探ってみる。

すると、あろうことかそのまま体勢を崩し、オーブンの中へ頭から落ちてしまった。

「わぁっ!!」

――何!?　なんで落ちてるの!?

身体がどんどん落ちていく感覚。

オーブンの底が抜けていたとしても、こんなに深いわけがない。

いったいどこまで落ちてしまうのか……。

周りを見回しても真っ暗闇で、手を伸ばしても指先には何も触れない。

ただ、ものすごいスピードで落ち続けているのだけはわかった。

「こ、このまま落ちたら、どうなるの!?」

理解不能な状況の中、落下していく恐怖に身体がすくむ。

無意識にギュッと目を瞑(つぶ)り、自分を抱きしめるように背を丸め小さくなる。

それが悪かったようで、身体がクルクルと回転し出し、目が回って気が遠くなってきた。

「なんで、こんなことに……」

その言葉を呟いた直後、那月の意識はフツリと途切れた。

バシャンッと耳元で大きな水音がしたと同時に、口の中に水が入ってきて息が出来なくなった。

「ごぼっ、がぼっ、っ!?」

――な、何!?　息が……っ。

那月は目を開き、夢中で手足をばたつかせてなんとか上体を起こした。

「げほ、げほげほっ」

激しくむせた後、呼吸が整ってから周囲を見渡す。

「これ、池……？」

目の前にはレンガを何段か積んで作られた水場があった。

水場は円形で、上流から流れてきた水がこの水場を通り、また下流へと流れていくようにレンガで水路が作られている。

那月はその水場に上半身を突っ込んでしまい、溺れかけたらしい。

「危ないところだった……」

下手すればそのまま……、と最悪の事態が頭を過（よぎ）り、ブルリと身を震わせる。

「でも、どうしてこんなところで寝ていたんだろ？」

滅多にお酒は飲まないから、酔っぱらって外で寝てしまったという状況は考えづらい。

――そもそも、ここはいったいどこなんだ？

周囲をキョロキョロ見回すが、そこは全く見覚えがない場所だった。

地面はアスファルトではなく石畳。

近くに建っている建物は、レンガや石で作られた壁に、木製のドアがついている異国情緒漂う家屋だ。

どの建物も一階建てか二階建てで、それより高い建造物は見当たらない。

だからとても空が高く感じる。

見上げた頭上には電柱や電線はなく、とても広々とした青空が広がっていた。

次に目についたのは、外を歩いている人々の服装。

年齢問わず女性はふんわりしたワンピース姿、男性はパンツにシャツという格好で、どこか古風な装いだ。

さらに、彼らの容姿は日本人離れしており、髪色も瞳の色も様々だった。

この状況から察するに、ここは馴染みのない異国の地。

それなのに、時折聞こえてくる彼らの言葉を、那月は正しく理解出来ていた。

「ええっと、僕はいったいどこにいるんだ？」

周りの人は日本語を話しているから、きっとここは日本だ。

もしかして、どこかのテーマパークなのだろうか。

でも、だとしたらいつここに？　誰と？　どうして？

那月は最後に覚えていることを思い出そうと記憶を辿り、オーブンを覗（のぞ）いたら中に落っこちてしまったことを思い出す。

「そうだ、僕は家の片づけをしていたんだ。それで、オーブンの中に落ちて……」

真っ暗闇の中をひたすら落下していき、その最中に気を失った。

そして目覚めたら、水場に上半身を突っ込んで溺れかけていたのだ。

「そんなことってある？」

那月は誰にともなしに独り言を呟く。

記憶が正しければ、オーブンの底がこの街に繋がっていたということになるが、そんなことあるわけない。

たぶん、オーブンの中に落ちてからここに来るまでの記憶を失っているだけだ。

那月はうんうん唸（うな）って、なんとか失われた記憶を思い出そうと努力する。

「そもそも、オーブンの中に落ちたっていうのがおかしい。何か思い違いをしてるんじゃ……、うわっ!?」

突然、背後から何かが激突してきて、再び水場に落ちそうになった。

足を踏ん張って体勢を立て直し振り返ると、足に子供が引っついている。

サイズ感から推測するに、年齢は四～五歳くらいだろうか。

サラサラした輝く金髪を揺らし、子供が那月の服に顔を埋めるようにしがみついている。

「えっと、君は？」

「いいにおいがする」

「え？　匂い？」

なんの匂いだろう。

香りの強い洗濯洗剤や柔軟剤は使わないようにしているのに。

——いやいや、匂いの元を考えてるような状況じゃない。

周囲を見回しても、この子の親らしき人物は見当たらない。

まさか迷子だろうか？

親とはぐれてしまい、父親と間違えて抱き着いてきた可能性が浮上してきた。

「パパかママはどこにいるのかな？」

優しく声をかけても、金髪の子供は那月の足をがっしり抱き込み、クンクン匂いを嗅ぎ続けている。

こんな風に嗅がれると、さすがに恥ずかしくなってくる。

この子の身元に関する情報を聞き出そうとあれこれ話しかけてみても、クンクンするばかりで答えてくれない。

どうしたものか……、と困っていると、子供の手が那月のパンツのポケットに触れ、中に入っているものを確かめるようにポンポンと叩いてきた。

「なにかはいってる」

言われて思い出した。

職場のパートさんからもらったキャンディーを入れておいたままだった。

「キャンディーだよ。食べる？」

「キャンディー？」

ポケットを探り包装紙に包まれたキャンディーを取り出すと、子供が初めて顔を上げてくれた。

──わあ、可愛い子だな。

ぱっちりした瞳は淡いグリーンで、子供ながらに顔立ちがとても整っている。

可愛らしい容姿をしているから性別がわからなかったが、膝丈のパンツにジャケットを着ていることから、男の子のようだ。

「ねえねえ、キャンディーってなあに？」

腕を軽く掴(つか)んで揺さぶりながら尋(たず)ねられ、その愛らしさに思わず顔がほころんでしまう。

「キャンディーを知らないの？　甘くて美味しいんだよ。食べてみる？」

「うん！」

興味津々といった様子で頷き、キャンディーを手に取る。

子供は包装紙を開け、オレンジ色の透き通ったキャンディーを指でつまむと、光にかざして観察し始めた。

「きれい。これは、ほうせき？　ほうせきってたべられるの？」

「宝石じゃなくてお菓子だよ」

「おかし？」

子供はお菓子を知らない様子で、少々驚いてしまう。

「お菓子は甘くて美味しいんだ。食べてみたらわかるよ。これは硬いお菓子だから、噛まずに舐めて食べてね」

子供はキャンディーをパクッと口に入れ、口内でコロコロ転がして味わう。少ししてから目をまん丸に見開き、「おいしい！」とにっこり笑ってくれた。

「なにこれーっ。おくちのなかが、キュンッてする！　おいしーっ」

とても気に入ってくれたようで、ずっとニコニコしている。

那月もつられて微笑みながら、子供と並んで水場の縁に腰を下ろす。

「もっとおかしもってる？」

「今はそのキャンディーだけかな。職場に行けばたくさんお菓子があるけど」

「しょくば？」

「えっと、お仕事するところ。僕はお菓子を作る仕事をしてるんだ」

那月が説明すると、子供の顔がパッと明るくなり満面の笑みで言われた。

「そのにおいは、おかしのにおいだったんだね。やさしくて、おいしそうなにおいがする」

子供はそう言うと那月に近づき、また服に顔を埋めた。

今着ているのは、洋菓子店の制服であるコックコートではなく私服だ。

実家が洋菓子店を営んでいたこともあり、那月は生まれた時からお菓子の甘い匂いに囲まれて育った。

自分では自覚がなかったが、お菓子の匂いが服に染みついているのかもしれない。

——この子にお菓子を食べさせてあげたいな。

お菓子を知らないこの子が、自分の作ったお菓子を食べたらどんな反応をするだろう。

キャンディーであれほど喜んだのだから、生クリームとフルーツたっぷりのケーキを出したら、もっともっと嬉しそうな顔をしてくれるかもしれない。

その様子を頭に思い浮かべたら、自然と子供の髪を撫(な)でていた。

「今度、僕が働いてるお店に来て……」

「おい、何をしている？」

「はい？」

突然低い男性の声が聞こえ、那月がそちらへ顔を向けると同時に胸ぐらを掴まれ、強い力で子供から引き剥がされた。

「いたっ」

反動で座っていたレンガからずり落ち、石畳の上で尻もちをつく。

那月は痛みに顔を歪ませながら、視界を遮るように立つ人物を見上げる。

深い紅色の生地に金糸で刺繍が入った丈の長い上着に、黒いマントを羽織った長身の男性は、金色の髪から覗く緑色の瞳を眇め、こちらを睨みつけていた。

ピリピリとした空気を肌で感じ、那月は男性の迫力に気圧されてビクリと身体を震わせる。

無言で視線を交わらせていると、緊迫した空気を切り裂くように明るい声が割り込んできた。

「あ、にいさま！」

声の主は先ほどキャンディーをあげた子供で、男性を親し気に兄と呼び抱き着いた。

「勝手に城を抜け出すな」

「ごめんなさい」

男性はしゅんと俯く子供を抱き上げ腕に収めると、訝しそうな顔をする。

「この匂いはなんだ？　口に何か入れているのか？」

「キャンディーだよ、これ」

子供はあーんと口を開け、キャンディーを男性に見せる。

「そのひとにもらったの。おいしいよ」

「この者に？」

男性はますます険しい顔をし、ジロリと那月を見下ろす。

勝手に子供に食べ物を与えたことを、怒っているのだろう。

いくら欲しがったからといって、保護者の了承も得ずに勝手にお菓子を与えてしまった自分が悪い。

那月はその場で正座し、頭を下げる。

「す、すみませんでしたっ。勝手にキャンディーをあげてしまって……」

「そのキャンディーとやらは、どういうものだ？」

――この人もキャンディーを知らないの？

驚きつつも、簡単にキャンディーの原材料を伝える。

「ええっと、砂糖を使って作ったもので……」

「砂糖？　砂糖はこの国には出回っていない貴重なものだ。いったいどこで手に入れ……」

そこで男性はフッツリと言葉を途切れさせ、ジロジロと観察するような視線を送ってきた。

なんだろう、と那月がビクビクしていると、男性が今度はこんな質問を投げかけてくる。

「……どこの者だ？　その装いは、我が国の者ではないな？」

「あの、その……、僕もここがどこだかわかってないんです。日本じゃないんですか？」

「そのような名前の国は聞いたことがない」

「で、でも、言葉が……」

きっとどこかのテーマパークだろうと予想していたが、男性は日本すら知らないと言う。

しかし、こうして言葉が通じるのだから、国外ではないはずだ。

——もしかして、テーマパークの世界観を大事にしてるから、日本を知らないって言ってるのかな？

そうとしか考えられない。

日本語を話しているのに、日本を知らないなんてことがあるはずない。

那月は事情を話して、家に帰るために手助けしてもらおうと、覚えていることを話してみることにした。

「気がついたらここにいたんです。最後の記憶は……、たぶん記憶違いだと思うんですけど、厨房のオーブンの中を覗き込んだら中に落っこちちゃって、気を失って目が覚めたらここにいました。どうやってここに来たのか記憶がないんです」

一生懸命覚えていることを男性に伝える。

彼は難しい表情をしながらも、黙って最後まで話を聞いてくれた。

ところが、那月の話を聞き終えた男性が放った第一声は、なんの脈絡もない質問だった。

「性別は？」

「僕のですか？　えっと、男、ですけど……？」

――どうしてそんなことを聞くんだろ？

身長百六十センチちょっとで小柄だし、母親似で優しい顔立ちをしていると言われるが、女性と間違われるほどではないと思う。

そもそも、男か女かを知ったところで何か変わるというのだろうか。

男性の質問の意図は全くわからなかったが、隠すようなことではないので正直に答えた。

すると、男性はまた尋ねてきた。

「料理人なのか？」

「料理人というか、パティシエです。お菓子専門の料理人って感じです」

「そのお菓子というのは、リュカが口にしているもののことを指しているのか？」

リュカ、というのは、男性が抱いている子供のことだろう。

「そうです」

「名はなんという？」

「甘楽那月です」

男性はため息を一つつき、少し考え込むように押し黙った後、こう告げてきた。

「では、カンラナツキ。お前をリュカの専属料理人に任命する」

「…………は？」

――専属……、何⁉

突拍子もない提案に、那月は呆気に取られ言葉を失う。

その反応が気に入らなかったのか、男性は眉根を寄せ睨むような眼差しで再度繰り返す。

「聞こえなかったのか？　お前を専属料理人にしてやると言ったんだ」

「してやるって、なんで……」

専属料理人になりたいなんて、一言も言っていない。

なのにどうして「仕方なく雇ってやる」といった口ぶりなのだろう。

那月の脳内は大混乱を起こし、男性の言葉を理解するだけで精一杯な状態だった。

そんなことに気づかない男性は、那月の「なんで」を別の意味に解釈したようだ。

「リュカはとても食が細く、病気がちだ。そのリュカがお前の渡したキャンディーとやらを、美味そうに食べている。お前を料理人に任命する理由としては、それで充分だ」

那月が聞きたかったのはそういうことではなく、どうして急に料理人にという話になったのか、だ。

自分はこのテーマパークで働くつもりはない。

パティシエを続けるかどうかで悩んではいたが、だからといって料理人になりたいと思ったことはない。

今はとにかく、火事に巻き込まれた自宅兼洋菓子店をなんとかしないといけないのだ。

「僕はここで働きたいわけじゃなく、家に帰りたいんです。家への帰り方を教えてもらえませんか?」

那月が切々と訴えると、男性はじっと目を合わせたまま、とんでもないことを口にした。

「ここはサイル大陸にあるベルローツ王国。大陸にニホンという国は存在しない。それどころか、お前のような民族衣装を纏(まと)う国も存在しない。おそらく、お前はサイル大陸の外の国からやって来たのだろう。つまり、お前が家に帰る手段を、私は知らない」

「……え……?」

――サイル大陸? ベルローツ王国?

そんな大陸も国も聞いたことがない。そんな名前のテーマパークもない。

彼が日本を知らないと言っていたのは、役作りでもなんでもなく、本当に知らなかったからなのか？

「え、ちょ、ちょっと待ってください。混乱してて……」

男性は大陸の外にある国から来たのでは、と言っていた。

だが、那月はそもそもサイル大陸という名前を、一度も聞いたことがない。

一般的な教育を受けてきて、そんなことがあるだろうか。

那月の脳内に、新たな仮説が思い浮かぶ。

――別の大陸じゃなくて、別の世界だったりして……。

そこまで考え、那月はサアッと全身から血の気が引いていくのを感じた。

「まさか、ここは異世界……？」

そんな非現実的なことが起こるはずがない。

頭ではそう思うのに、目の前に広がる光景は異世界感満載で、実際に自分の身に起きたのだと認めざるを得ない。

――もし異世界だったとしても、そうじゃなくても、どうやったら家に帰れるの!?

すぐに帰れる方法を見つけられなかったら、しばらくここで暮らさないといけないことになる。

知り合いもおらず、何も持たず、どうやって見知らぬ国で生活していけばいいのか……。

那月は頭を抱える。

これからの生活のことを考えると、ここが異世界だろうが異国だろうが大して問題ではないとさえ思えてしまう。

「僕は、どうしたら……」

問題が山積みで、何から考えればいいのかもわからない。

那月が独り言のように呟いた時、男性が道を示すかのように言い放った。

「だから、お前に仕事を与えてやると言ってるんだ。それもベルローツ王国の王弟であるリュカの専属料理人という、皆が望んでもなれない職をな。感謝しろ」

確かに今の自分の状況で、仕事を与えてもらえるのは非常にありがたい。

それも、国王の弟の専属料理人という仕事を……。

——国王の弟？　リュカくんが!?

情報過多で聞き逃していた言葉に那月はようやく気づき、勢いよく顔を上げる。

那月の困惑を察知した男性は口角を緩く持ち上げ、人の悪い笑みを浮かべながら言った。

「リュカは王弟、そして私は国王のランフォードだ。お前が何者であったとしても、我が国にいる間は、国王である私の所有物となる。すなわち、私の命令に背くことは許されない。カンラナツキ、お前は本日よりリュカの専属料理人だ。異論はないな？」

——こ、国王!?

ごく一般的な家庭に生まれ育った那月には、国王がどれほどの権力者であるのか正確には理解出来ない。

しかし、自分のような一般人が、こうして言葉を交わすことすら出来ないような高貴な身分の人だということは、なんとなくわかる。

それに、彼——ランフォードが国王であってもなくても、この申し出を受けなければ那月は今夜の宿もない状態で、頷く以外の選択肢は実質存在していなかった。

那月はまだ混乱したまま、ひれ伏すように頭を下げる。

「は、い……。どうぞ、よろしくお願いいたします……」

その返答にランフォードは満足そうにほくそ笑み、それがかえって那月の不安をよりいっそう掻(か)き立てたのだった。

「本物のお城だ……」

生まれて始めて乗る馬車に揺られ、連れて行かれたのは立派なお城だった。

白い石を積み上げて作られた、横にも縦にも長い堅牢な佇まいの城は、高く分厚い壁に囲まれ、剣を携え鎧を着た兵が絶えず見回りをしている。

よく手入れされた美しい庭園の真ん中に作られた通路を馬車はゆっくり走り、城の正面で停車した。

ランフォードとリュカに続き、馬車から降りた那月の目に飛び込んで来たのは、出迎えのために整列している大勢の人々。

足首まで丈のある、ふんわりしたワンピースにエプロンをつけた女性たちや、落ち着いた色合いの上着をピシッと着ている男性たちが、馬車から城の扉まで道を作るようにずらりと立ち並んでいる。服装から推測するに、彼らはこの城で働く使用人なのだろう。

その光景に圧倒されていると、初老の男性が進み出てランフォードに深々と頭を下げた。

「心配をかけたな。リュカは連れ戻した」

「ご無事でなによりでございます」

ランフォードは背後にいるリュカを、集まった人々から見えるよう前へ立たせる。

リュカはややバツの悪そうな顔をしていた。

使用人たちはリュカの姿を確かめると、ホッと安堵した表情を浮かべる。

「リュカ様、お怪我はありませんか？」

「……ん」

リュカは小さくコクリと頷く。

「それはよろしゅうございました。お一人にして申し訳ございませんでした」

初老の男性は優しい口調でリュカにそう告げた後、ランフォードに向かって再び頭を下げる。

「ランフォード様、リュカ様から目を離してしまい、申し訳ございませんでした。私を信頼し、キース様がご不在の間、リュカ様のお世話をお任せくださったのに……。全ての責任は、使用人頭の私にございます。どのような処罰でも受ける所存でございます」

「リュカが言いつけを破って勝手に城を抜け出したんだ。誰も処罰するつもりはない。こうして無事に見つかったのだしな。それに、リュカを探しに行った先で、面白い拾い物をしたんだ」

ランフォードはそこまで言うと、那月を振り返る。

思い切り目が合い、那月は自然と背筋が伸びた。

「彼はカンラナツキ。今日からここで働いてもらうことになった。役職はリュカの専属料理人だ」

「えっと、あの、初めまして、甘楽那月です」

皆の視線がいっせいに自分に向けられ、那月はしどろもどろになりながら挨拶した。

使用人頭は那月を頭からつま先まで観察するように眺めた後、厳しい顔つきで「恐れながら」と口を開く。

「この者は身なりから察するに、我が国の者ではないように思います。いったいどのような素性の者でしょうか」

「他国の者だ。まだ知り合ったばかりだが、リュカも懐いているし、悪い人間ではないだろう」

「しかし……」

「心配する気持ちはわかる。だが、私はもう決めたんだ。彼を城に置くと」

ランフォードがはっきりとした口調で告げても、男性はまだ納得しきれていない表情を浮かべている。

するとランフォードがある条件を口にした。

「わかった、ならこうしよう。もし彼が私やリュカに危険を及ぼすような行動を一度でも取った場合、残りの人生を牢獄で過ごしてもらう。場合によっては、それ以上の処罰も与える。……それでいいな？　カンラナツキ」

「はい!?」

――い、一生牢獄生活!?

不穏な言葉に思わず声が裏返ってしまった。

承諾の返事をしたつもりはなかったのに、ランフォードはこの条件に同意したと受け取ったようだ。

使用人頭の男性もランフォードがここまで言うのなら、とそれ以上は反対しなかった。

「では、カンラナツキに部屋を与え、厨房の一角を使わせてやってくれ。……ああ、部屋は使用人棟ではなく、私と同じフロアでいい」

ランフォードの言葉に使用人頭が一瞬、息をのむ。

「……恐れながら、復唱させていただきます。カンラナツキさんを、使用人棟ではなくランフォード様と同じフロアに住まわせる、とおっしゃいましたか？」

「そうだ。何か問題が？」

「ございます。使用人は使用人棟で寝起きするのが決まりになっております。料理人がそのような待遇(たいぐう)を与えられるなど、前代未聞でございます」

ランフォードは使用人頭の忠告を一笑して言った。

「なら、私が前例を作ってやろう。決定を覆(くつがえ)すつもりはない」

「……かしこまりました」

やや強引に話をまとめ、ランフォードはリュカを連れて城の中へと歩き出す。

しかし、数歩行ったところでふと足を止め、こちらを振り返った。

「そろそろティータイムだ。カンラナツキ、簡単なものでかまわないから、リュカが喜ぶような食べ物を作ってくれ」

「え……、何かって、何を？」

ランフォードは威圧するような低い声音で、短く告げてくる。

「それを考えるのがお前の仕事だろう？　三時のティータイムまでに、リュカが気に入るものを作るんだ。わかったな？」

「は、はいっ」

それだけ言うと彼はさっさと城の中へ姿を消した。

一人その場に残された那月が呆然と立ちすくんでいると、先ほどランフォードから指示を受けた使用人頭が近づいてきた。

「お部屋へご案内いたします」

男性は那月を伴い城の扉へと歩き始める。

「あの、どこへ行くんですか？」

「先ほどランフォード様がおっしゃっていたでしょう？　ティータイムにリュカ様に軽食をお出しするようにと。時間が迫ってきているので、先に厨房へ案内します」

――展開が早すぎてついていけない……。

この世界に来てから、自分を取り巻く環境が目まぐるしく変化していっている。

とりあえず職に就くことが出来たから、食うに困ることはないはずだ。

その部分では非常にラッキーだと思う。

けれど、那月の頭の中には、先ほどランフォードが口にした条件がグルグル回っていた。

――僕が何かしたら、牢屋に閉じ込めるって言ってた。

那月が生まれ育った世界でも、何か悪いことをしたら罰せられる。

大きく違うのは、ここでは国王であるランフォードの考えが最優先される、ということ。

彼の機嫌を損ねたら、その時点で一生を牢獄で過ごすことになるかもしれない。

――リュカくんが美味しいって言ってくれるものを出さないと、まずいかもしれない。

これはなかなかハードルが高い仕事だ。

なぜなら、リュカとは先ほど会ったばかり。

好みもまだわかっていない。

――何を作ればいいんだろ？

キャンディーは食べてくれたから、同じようなキャンディーを作ればいいか？

だが、ティータイムと言っていた。

お茶を飲みながら口にするものとして、キャンディーは適切ではない。

時間がないと言っていたから手早く出来るものにしないといけないし、後は材料との兼ね合いもある。

——お菓子が浸透していない世界のようだから、お菓子作りに必要な食材があればいいけど……。

「ここが厨房です。ティータイムの軽食を作り終わったら、また迎えに来ます。その時にお部屋へ案内します」

「え、もう着いたんですか？」

不安要素が多すぎて色々考え込んでいたため、入口からここまで、どういう道順で来たかすら記憶が曖昧だ。

いつの間にか厨房に到着していたことに驚いた声を上げると、使用人頭はチラリと那月を見た後、呆れたようなため息をついて厨房の扉を開けた。

「料理長、こちらへ来てください」

室内へ向かって声をかけると、四十歳前後くらいの大柄な男性がやって来た。

「ティータイムまで時間があるだろう？　まだ軽食を作っている途中だ」

「配膳の準備をしに来たわけではありません。……彼はカンラナツキさんです。本日よりリュカ様専属の料理人として、ランフォード様が直々にお召しになりました。彼に厨房の一角を与え、リュカ様がお口になられる料理を作らせるように、とのことです」

「はあ？　急に言われても、空いてるスペースなんてないぞ」

「全て国王であるランフォード様のご命令ですので」

では、と使用人頭はさっさとその場を立ち去ってしまう。

料理長は後頭部をガシガシ掻きながら、煩わしそうな視線を那月に送ってきた。

明らかに歓迎されていない空気をヒシヒシと感じながら、那月は身体を縮こまらせる。

料理長はそんな那月に気づき、不満顔ながらも厨房の中へ入れてくれ、忙しく作業している料理人たちを呼び寄せて紹介してくれた。

お城の中に設けられている厨房とあって、規模はとても大きい。

広さは体育館の半分くらいだろうか。

火を扱うためか床も壁も天上も石で作られており、部屋の一番奥にはかまどが五つ並んでいる。その他に二つ、石窯もあった。大きめの作業台は木製で、それが三つずつ左右に置かれている。

その他にも、何が入っているのかわからない壺がたくさん置かれており、調味料らしき瓶もたくさん作業台に並んでいた。

料理人は十人ちょっとで、彼らは那月を見て戸惑ったような怪訝そうな顔をしている。

色々と疑問を抱いている様子だったが、料理長が「国王であるランフォード様のご意向だ」と告げると反発する者は出ず、那月はとりあえず追い出されることなく厨房の隅の作業台を使わせてもらえることになった。

「あと一時間でティータイムだ。お前はリュカ様の専属という話だから、リュカ様用の軽食を作ってくれ」

「は、はい」

ざっとおおまかに厨房の設備の説明をし、料理長は持ち場に戻っていく。

――えっと、何を作ろう？

作業台には果物と葉物野菜、卵、ベーコンのような塊肉と、丸いパンが置かれている。

そっと厨房を見回し他の料理人たちの様子を窺うと、彼らは料理長の指示の元、丸いパンを切って間に野菜とベーコンを挟んでいた。サンドイッチを作っているようだ。

「僕もサンドイッチを作ればいいかな？」

那月は独り言を呟き、パンを手に取る。

――あ、これ、ハードパンだ。

丸パンは想像以上に固かった。

大人だったらこの固さでも平気だろう。人によっては、食パンで作ったサンドイッチより食べ応えがあって好きだと言うかもしれない。

でも、あんな小さな子が、こんな固いパンを好むだろうか。

那月はしばし思案した後、丸パンを半分ではなく四枚に薄くスライスした。

「ボウルはどこかな？　あ、あった」

作業台の下を覗き込むと、調理器具が入っていた。

その中から銀色のボウルを取り出し、卵を一つ割り入れよくかき混ぜる。

その次にミルクを少し入れ、砂糖を入れようと瓶に入った調味料を確かめた。

しかし、瓶の中身はハーブが主で、塩とコショウはあるものの、砂糖は見当たらない。

「砂糖は貴重だって言ってたっけ。あ、でもハチミツはある」

独り言を呟きながら、卵液の中にスライスしたパンを沈めていく。

これをフライパンで焼きたいのだが、この世界にはコンロなんてものはなく、かまどに火を起こして調理しているらしい。

かまどの使い方を知らないため、那月は遠慮がちに料理長に使い方を聞きに行く。

料理長は「料理人のくせにかまどを使えないのか？」と驚いていたが、近くにいた料理人にかまどの使い方を教えるよう頼んでくれた。

三十歳前後くらいの料理人は、かまどの使い方を知らない那月を訝しそうに見てきたが、料理長の命令とあって丁寧に使い方を教えてくれた。

ついでに火起こしもしてもらい、その上にフライパンを置いて、やっと焼く準備が整う。

熱されたフライパンの上に今朝作ったばかりだというバターを一片落とし、卵液に浸したパンを一枚ずつ並べて焼いていく。

——食材に火を通すだけで、一苦労だな。

元の世界では、ガスも電気も水道も、スイッチ一つで当たり前に使えていた。けれど、この世界では何をするにも手間がかかる。

かまどの扱い方すら知らない自分が、料理人としてきちんと働けるのかと不安になってきた。

「わっ、焦げちゃう」

火加減を容易に調整出来ないため、危うく焦がしてしまいそうになった。

慌ててパンをひっくり返し、もう片面を焼いていく。

パンの表面の卵が固まったらお皿に取り出し、その上からはちみつをかける。

「あとは、この果物を端に添えて、っと」

なんとかはちみつがけのフレンチトーストが完成したところで、料理長が声をかけてきた。

「カンラナツキ！　そろそろ時間だ。出来てるか？」

「あ、はいっ。出来てますっ」

料理長がこちらへやって来て、完成したフレンチトーストを見て首を捻る。

「これはなんだ？　こんな料理、見たことがない」

この世界にはフレンチトーストはないようだ。

那月は簡単に作り方を説明する。

「卵液に浸したパンを焼いたものです。最後にはちみつをかけているので、甘さは十分だと思います。リュカくん、甘い物が好きそうだったので」

「お前、『リュカくん』じゃなく『リュカ様』だろうが！」

「す、すみませんっ」

──そうだった、リュカくんは国王の弟なんだ。

たとえ幼い子供でも、リュカは王族。

一介の料理人が馴れ馴れしく呼んでいい存在ではなかった。

料理長からお説教されている時、厨房の扉が開き、使用人頭が入室してきた。

ていく。

使用人頭もメイドも初めて見る料理に怪訝な顔をしながらも、ワゴンを押して廊下に出ていく。

「いや、なんでもない。もうティータイムの準備は出来るぞ」

使用人頭の指示で、メイドたちがワゴンにティーポットとカップ、サンドイッチを乗せていく。そこへ那月作のフレンチトーストも乗せられた。

「料理長、何か揉め事ですか？」

一仕事終えた那月は額に滲んだ汗を拭いながら、ホッと緊張を解いた。

しかし、そこでなぜか料理長に背中をバシッと叩かれたのだ。

「ぼうっとするな。行くぞ」

「え？　どこにですか？」

料理長はワゴンを押すメイドたちについて歩いていく。

いったいどこに、と思いつつたどり着いたのは、大きな扉の前。

使用人頭が中へ声をかけると、内側から扉が開く。

扉の先は、壁に絵画が飾られ、中央に大きなテーブルが据えられた豪奢な部屋だった。

そのテーブルについているのは、先ほど別れたランフォードとリュカだ。

ここがティータイムの会場らしい。

チラリと視線を巡らせると、扉の左右には腰に剣を差した護衛の兵が立っており、ランフォードたちの後方にあたる部屋の隅にも、数人の使用人の姿があった。

彼らの視線を受けながら、メイドたちが給仕を始める。

ランフォードの前にはサンドイッチが、リュカの前にはフレンチトーストが置かれた。

「わ～、なにこれ～？」

お皿を覗き込んだリュカが、歓声を上げる。

「これ、パンなの？」

リュカは疑問を口にしながらフォークを手に取り、フレンチトーストに刺そうとした。

それを使用人頭が慌てて制止し、それぞれの皿から少し料理を切り分けてこちらへ運んでくる。

「お毒見を」

――ど、毒見!?

那月が驚愕していると、料理長は切り分けたサンドイッチの端っこの部分を指で摘み上げた。

「では、失礼して」

一言断ってから口に放り込み、咀嚼（そしゃく）して飲み込む。

その後、使用人頭が口内を覗き込み、しっかり飲み込んだことを確認した。

「確かに。では、カンラナツキさんもお願いします」

「へ？　あ、はい……」

料理長と同じように、自分が作ったフレンチトーストの欠けらを口に入れて飲み込む。そして同様に口の中を確認された。

「では、私たちはこれで失礼いたします。どうぞ、ティータイムをお楽しみください」

使用人頭の一言で、その場にいた者たちが全員頭を下げる。那月も真似して頭を下げ、料理長に続いて部屋を後にしようとした。

——毒見って、本当にあるんだ。

元の世界でも昔は毒見があったそうだが、こうして自分が毒見をすることになるとは思わなかった。この国では毒見係はおらず、料理を作った者が毒見をする決まりになっているようだ。

——もし毒を入れたら、毒見をする自分も危ないもんね。

よく考えられていると思うが、毒見をしなくてはいけないということは、毒を盛られる可能性があるということを意味している。

あんな小さな子が王族というだけでそんな危険に晒されていることに、胸が痛んだ。

「カンラナツキ、お前は残れ」

「……え？」

あと数歩で部屋を出るというところで、ランフォードの声が室内に響いた。

那月が驚いて振り返ると、ランフォードがジッとこちらを見つめている。

煌(きら)びやかな部屋でゆったりとイスに腰掛けているランフォードを見ていると、その堂々たる姿から、彼は本当にこの国の王なのだと改めて実感した。

那月がそんなことを考えている間に扉が閉まり、部屋に取り残される。

——な、なんだろ？

毒見も終わったから、もう自分に用はないはずだ。

それに、ただの料理人を国王が呼び止めるだなんて、よくあることなのだろうか？

国王と使用人の関係がいまいちわからないから、これが普通のことなのか特別なことなのかの判別がつかない。

——なんでしょうか、と聞いてもいいのかな？

声を発していいのかもわからない。

これまでの人生経験や常識など、この城の中ではなんの役にも立たなかった。

「こちらへ来い」

「は、はい」

那月は言われた通りにテーブルへ近づく。

あまり近づきすぎてもよくないかも、と十メートルほど離れた位置で立ち止まったが、ランフォードは苛立（いらだ）ったように手まねきしてきた。

「もっとだ」

おずおずとテーブルの真ん前まで歩を進める。

ランフォードは行儀悪く頬杖をつきながら、隣に座るリュカの方を目線で示した。

「これはなんだ？」

冷たい声音で問いただされ、那月は背筋が凍りそうになる。

——だ、駄目だった⁉

やっぱり無難にサンドイッチにすればよかった。

心の中で後悔しながら、料理名を口にする。

「それは、フレンチトーストです。あの、怪（あや）しい食べ物ではありません。材料はパンと卵とミルク、上にかかっているのははちみつです。甘くて美味しいと思います」

「……なるほど。リュカ、食べられそうか？」

リュカはお皿に顔を近づけ、クンクンと匂いを嗅ぎ出した。

「ふんわりしたにおいがする～。カン、カンラ……えっと、おなまえは、なあに？」

リュカは困り顔で那月を見上げてきた。

「甘楽那月。でも、フルネームは長いから、甘楽でも那月でも呼びやすい方で呼んでくれていいよ」

つい気安く話しかけてしまい、部屋の隅に控えている給仕係の使用人に目線で咎められる。

失言に気づきすぐに「すみません」と謝ったが、リュカもランフォードも大して気にしていない様子だった。

「カンラとナツキ、なんでべつべつでよんでいいの？　おなまえが二つあるの？」

「ええっと、僕の国では、家族単位での名前があるんです。僕の場合はそれが甘楽で。家族からは那月って呼ばれてます」

「ふうん、そうなんだ。じゃあ、ぼくもナツキってよぶ！」

「はい、お好きな名前で呼んでください」

リュカはニコニコしながら、先ほどの話の続きを口にする。

「このおりょうり、ナツキとにおいがにてるね」

そういえば初対面の時も、匂いのことを言われた。

お菓子がない国だから、甘い匂いにあまり馴染みがないのだろう。

リュカはフォークをフレンチトーストにプスッと刺し、口に持っていく。恐る恐る端を少し齧り、目を大きく見開いた。

「このソース、なに？　おかし？　おくちがキュンッてする！」

「はちみつです。食べたことありませんか？」

「ない。でも、おいし～」

リュカはまた一口食べて、嬉しそうな顔をする。

すると、リュカの隣に座るランフォードがカップをソーサーに置き、教えてくれた。

「はちみつはハーブティーに混ぜて飲む。リュカはハーブティーの匂いが苦手で飲んだことがないから、はちみつを口にしたのは初めてなんだ」

だからこれほど感動しているのか。

いずれにしろ、フレンチトーストがリュカの口に合ったようで安心した。

「ディナーは七時だ。その時もリュカが食べられる食事を用意してくれ」

「はい、わかりました」

「ナツキ、おいしかったよ」

リュカはあっという間にフレンチトーストを完食した。

添えてあった果物もきちんと食べてくれている。

美味しいと言ってもらえて、那月も嬉しかった。

「よるも、たのしみにしてるね」

「はい、まかせてください」

ランフォードに許可をもらい、那月は退室する。

廊下では使用人頭が待っていてくれ、厨房に戻らず部屋に案内された。

連れて行かれたのは、三階のティータイム会場の一つ上の階。

三階までは使用人や家臣たちとよくすれ違ったが、四階には人の気配が感じられない。

それでいて、廊下に置かれている調度品の質が素人目に見てもわかるほどグレードアップしていた。

長い廊下の左側は一面窓で、反対側には間隔を空けて扉がある。

使用人頭は階段に近い扉の前で足を止めた。

「この部屋をお使いください」

開かれた扉の先に見えた部屋は、どう見ても使用人が使っていい部屋じゃなかった。

部屋の広さは三十畳ほどだろうか。

中央には大きなベッドが鎮座し、ソファセットやライティングデスク、大きな鏡がついたドレッサーまで備えつけられている。

足元は毛足の長い絨毯が敷かれ、奥にはバルコニーに繋がる窓、左右にはまた扉があった。

「右側がクローゼット、左がバスルームです。当面、必要なものは揃えておきました。着替えたら厨房に戻ってください」

使用人頭は簡単に設備の説明をし、部屋を出て行く。

「着替えを用意してくれたんだ」

那月はクローゼットの扉を開けてみる。

クローゼットは十畳ほどの空間で、三方の壁全てに服がかけられるようになっていた。その中の一角に、料理人たちが着ていたのと同じ、白いコックコートが三着置いてある。その他にスーツのような服が三着かけてあった。

――コックコートって、どの世界でも似たような形をしてるんだな。

那月は白い上着とパンツ、エプロンを手に取りしげしげと観察する。

ダブルボタンの白い上着は、那月が洋菓子店で働いていた時の制服とよく似ている。エプロンは腰から足首近くまである丈の長いソムリエエプロンで、そういえば料理長だけ色がえんじ色だった気がする。えんじ色のエプロンが料理長の証なのだろう。

那月はコックコートに着替え、再び厨房に戻った。

ティータイムが終わった後は、すぐに夕食の支度に入るらしい。

那月は他の調理人とほぼ会話もないまま、夕食のメニューを考える。

「リュカ様は食事をあまり食べてくれないって言ってたよな。でも、甘い物は好きみたいだから……」

お菓子なら食べてくれるだろう。

だが、三食全て甘いお菓子というのは栄養面から見てよろしくない。

かと言って、通常の食事を果たして食べてもらえるか……。

――もし料理を食べてもらえなかったら、僕は追い出される？

そうなったら、たちまち食うに困る生活に陥ってしまう。

――なんとしても、リュカ様が食べたくなるような食事を作らないと……。

那月は作業台の前でウンウン唸り、リュカが好みそうな料理を考えたが、時間が過ぎるばかりでこれといったメニューは思い浮かばなかった。

「そうだよね、僕はパティシエであって、コックじゃないんだから」

独り暮らしだから自炊はしていたが、自分が食べるものしか作ったことがない。

簡単な家庭料理しか作れず、プロの料理人とは到底呼べない腕前なのだ。

夕食までにリュカが喜ぶ料理を作れる自信はなかった。

――僕一人じゃ無理だ。

ある決心をし、那月は料理人たちに指示を出している料理長の元へ向かう。

「料理長、すみません。あの、リュカ様の食事も作ってもらえないでしょうか？」

「何を言ってるんだ？　リュカ様のお食事はお前が作ることになってるだろう？」

「そうなんですけど、僕はパティシエなんです。料理は自分が食べる分しか作ったことがなくて、とても人様にお出し出来るような腕前ではないんです」

突然の告白に、料理長は呆気に取られて動きを止めた。

時間をかけて那月の言葉を理解した料理長は眉を吊り上げる。

「お前、嘘をついたのか!?」

「ち、違いますっ。ちゃんとランフォード様には料理人じゃないと言いました。それに、料理は人並みにしか出来ないけど、お菓子は作れます」

料理長は今にも那月を護衛の兵に突き出しそうな形相だったが、初めて耳にする『お菓子』という単語に、やや興味を持ってくれたらしい。

「お菓子というのは、ティータイムにお前が作ったパンのはちみつがけのことか？　リュカ様が喜んでくださったと聞いているが」

「お菓子には色んなものがあります。基本的には甘い食べ物をお菓子と言います。僕はそのお菓子を作る専門の職人なんです」

料理長はしばし考えた後、「それならお菓子とやらを作ればいいんじゃないのか？」と言ってきた。

那月はお菓子だけだと栄養が偏(かたよ)って成長に影響が出てしまう可能性があることを話し、料理長に頭を下げる。

「お菓子だけじゃ駄目なんです。ちゃんと食事を摂(と)らないと……。でも、僕は料理はあまり作れないので、これまで通りリュカ様の分の料理も作ってもらえませんか？」

「リュカ様のご成長に関わるとあれば、もちろんお作りするが……。お前は何をするんだ？　リュカ様の専属料理人だろう？」

とりあえず料理を作ってもらえることになって、ホッと胸を撫で下ろす。

那月は顔を上げ礼を述べた後、こう言った。

「僕の生まれた国では、食事の最後にお菓子を食べるんです。だから、僕は食後のお菓子を作ります」

「……わかった。お前はお菓子とやらを作ってくれ。食事は今まで通り俺たちで作る」

「ありがとうございますっ」

那月は再度頭を下げ、自分に与えられた作業台へ急ぎ足で戻った。

袖を捲り、すぐさまお菓子の製作に取り掛かる。

作業台の上の食材をざっと確認し、この材料で作れるお菓子のレシピを頭に思い浮かべていく。

「ケーキを作りたいけど……」

厨房にはホイッパーが見当たらない。

菜箸もなく、料理人たちはフォークやスプーン、トングで食材を扱っている。

さすがにこれらの調理器具でメレンゲを作るのは、時間がかかってしまう。

幸い、野菜や果物は元の世界と同じものが存在しているし、調味料も塩とコショウの他に、たくさんのハーブがある。

「あ、でも砂糖がないんだっけ」

改めて作業台に並ぶ小瓶を確かめるが、やはり砂糖はない。

他の料理人たちの作業台を見ても、砂糖は置いてないようだった。

――うーん、困ったなぁ。

お菓子作りに砂糖は欠かせない。

那月は忙しく動き回る料理人たちの間をすり抜け、再び料理長の元へ向かう。

「料理長、砂糖を使いたいんですけど、少し使わせてもらえませんか？」

「砂糖を？　砂糖はとても貴重なもので、使用するには許可がいる。どうしても必要なら申請してみるが」

どうやら砂糖は、那月が想像しているよりもずっと貴重なもののようだ。

砂糖が使えないのは痛手だ。

砂糖を使わなくても作れるお菓子はあるが、幅が狭まってしまう。

許可を取れば砂糖は使えるみたいだが、今は時間に限りがある。とりあえずここにある材料でなんとかするしかない。

那月は作業台の前で、再び頭を悩ませる。

「そんなに砂糖が貴重だなんて……」

だからこの国にはお菓子がないのか。納得した。

それでも、はちみつはある。

那月は頭の中で様々なレシピを探り、今ここにある材料だけで作れるものにたどり着く。

「よし、これにしよう」

那月は卵をボウルに割り入れる。

新鮮な卵が用意されているらしく、割った卵は卵黄がふっくらしていて見るからに美味しそうだ。

　それをフォークで泡立てないように溶いていき、はちみつを大さじ二～三杯入れて混ぜ、そこに牛乳を百～百五十ｃｃ注ぎ、慎重にかき混ぜる。

　次に那月はパンを作る時に使っているという粉ふるいを用意し、それを陶器のカップの上に置く。

　粉ふるいの中にゆっくり卵液を注ぎ入れる。その作業を二カップ分行った。

「ちゃんと綺麗に漉せてる。この後はこれを……」

　那月はかまどへ行き、フライパンに水を張ってカップを二つ置く。

　そこで蓋がないことに気づき、もう一つフライパンを持って来て代用した。

「水が沸騰したら十分ほど蒸して、その後は火から下ろして放置すればいいんだけど……、時間はどうやって測ろう？」

　この世界にも時間の概念がある。

　元の世界とほぼ変わらない感覚で時が流れていっている気がする。

　けれど、どこにも時計は置かれておらず、城で働く者は一時間ごとに鳴る鐘の音で時間を把握していた。

　しかし、分単位の時間を知るすべはなさそうだ。

厨房を見回してみても砂時計もない。

料理でも焼き時間や煮込む時間を測る必要があると思うが、料理長が実際に調理された料理を見て経験から判断しているようだ。

那月は仕方なくかまどの前で六百秒数え、おおよそ十分測ることにした。

十分が経っただろう頃にかまどからフライパンを下ろし、そのまま放置する。

粗熱が取れたら蓋代わりのフライパンを外し、串を刺して中まできちんと固まっているか確認した。

「よかった、ちゃんと固まってる。本来はこの後、冷やすんだけどなぁ」

通常なら冷蔵庫に入れて冷やすのだが、ここは異世界。

冷蔵庫はない。

少しでも美味しく食べてほしくて、那月は水の入った大きな壺に目を止めた。

この中の水は、毎朝綺麗な湧き水を汲んできて一日分を溜めているのだと、ティータイムの軽食作りの時に聞いた。

暗所に置いてあるから、きっと冷たいだろう。

那月は壺の水をボウルに入れ、その中にカップを沈める。

そうこうしているうちに、夕食の時間がやって来た。

厨房にメイドと使用人頭がやって来て、出来上がった料理をワゴンに移していく。

那月は最後の仕上げに、上からはちみつを少量かけ、ミントの葉とベリーを乗せた。

「カラメルソースやクリームを添えたかったけど、砂糖がないから作れないんだよな。でも、それなりに美味しく出来ているはず」

出来栄えを確認し、那月は不安をかき消すように独り言を呟く。

那月の作ったスイーツもワゴンに乗せられ、ティータイムの時と同様、料理長と共に毒見をするため厨房を出た。

ティータイムの時と同じ部屋に行くと思っていたが、ディナーは別の部屋でとるらしい。

三階にある、広々とした一室にたどり着いた。

入室を許可されると、メイドたちはテーブルにつくランフォードとリュカの前に、次々に料理を並べていく。

リュカは自分の皿とランフォードの皿を見比べて、首を傾げる。

「ナツキのおかしは？」

ランフォードも同じメニューが提供されていることに気づき、怪訝な表情を浮かべた。

「リュカの食事はお前が作ることになっているだろう？　これはどういうことだ？」

「す、すみませんっ」

剣呑な声音が室内に響き渡り、那月は声を上ずらせながら理由を説明する。

「僕はお菓子しか作れないんです。でも、お菓子だけだと十分な栄養が摂れません。だから、料理長にお願いして、これまで通りリュカ様の食事を作ってもらいました」

「話が違うだろう」

「で、ですが、ちゃんとお菓子も作りました。食後にお召し上がりください」

ワゴンに乗っているカップを掴み、二人の前へ並べる。

「はちみつプリンを作りました。スプーンでお召し上がりください」

「はちみつ！　はちみつ、すき！」

リュカが素早くプリンをスプーンですくう。

それを使用人頭が慌てて止め、那月に小皿とスプーンを差し出してきた。

ところが、那月がプリンをすくおうと身を屈めると、リュカがズイッと口元にプリンの乗ったスプーンを押しつけてきたのだ。

「ナツキ、たべてー。ぼく、はやくたべたい」

「今取り分け……、っ!?　もごっ」

わずかに開いた唇の隙間に、スプーンを押し込められてしまった。

口の中にふんわり甘いはちみつと、濃い卵の味が広がる。

その場にいた使用人たちがギョッとし、使用人頭に腕を引かれて小声で叱責(しっせき)される。

「なんという無礼なことを……！」

「ご、ごめんなさいっ」

ディナーで用意されている食器類は、王族専用の高価なもの。

それをたかが料理人が使うなんてとんでもない、と使用人頭は顔を青くした。

自分の意思でしたことではないが、結果的に身分をわきまえない振る舞いをしてしまったことに変わりはない。

——とんでもないことをしちゃった。

勤務一日目でクビになるかもしれない。

那月は眩暈(めまい)がしそうだった。

しかし、その時。

「叱責を受けるべきはリュカだろう。カンラナツキに非(ひ)はない」

ランフォードの凛とした声が響き、使用人頭は口を噤(つぐ)む。

皆の視線が集中する中、ランフォードは淡々と話す。

「どう見てもリュカの行儀が悪かった。彼を責めるな」

「……はい。承知いたしました」

ランフォードが使用人たちに下がるよう促し、那月もクビを免れそうな雰囲気にホッとしながら広間を出ようとした。

ところが、またもランフォードに呼び止められてしまい、足を止める。

けれどランフォードは、モグモグとプリンを食べるリュカを見守るだけで何も言ってこない。

「これ、おいし～。ナツキのつくるものは、ぜんぶおいしい」

プリンを完食し、リュカがニコッと微笑みかけてくれた。

その幸せそうな顔を見て、那月も頬が緩んでしまう。

「美味しく食べてもらえて嬉しいです」

「もっとたべたいな～」

「余分には作ってなくて……」

おかわりを催促され、困ってしまった。

――多めに作っておけばよかった。

今度から数に余裕を持たせよう。

那月が反省していると、ランフォードが自分の前に置かれていたプリンをリュカに差し出した。

「ここにもう一つある。食べればいい」

「いいの!? でも、にいさまのが……」

「カンラナツキはリュカの料理人だ。私のことは気にしなくていい」

「ありがとう、にいさま」

リュカはプリンを受け取り、満面の笑みを見せる。

ランフォードは軽く頷き、今度は那月に視線を移す。

「それで、これはどういった料理なんだ？」

「あ、はい、使っているのは卵とミルクとはちみつです。この三つを混ぜて蒸したものです」

「ティータイムの軽食に使った材料とほぼ変わらないのか。見た目はこれほど違うのに。だが、卵が入っているのなら、少しはリュカも栄養が取れただろう」

弟を見るランフォードの瞳は、とても柔らかく細められている。

——本当に困ってたんだな。

ランフォードは心から食の細い弟を心配していたようだ。

だから、会ったばかりの自国民でもない那月を専属料理人にした。

それほど切羽詰まっていたのだ。

横暴(おうぼう)にも思えたランフォードの言動が、弟を想うゆえだったのだと知り、那月は少し彼への印象が変わった。

那月がそんなことを考えている間に、リュカが二個目のプリンを綺麗に食べ終わる。

「おいしかった～」

リュカはスプーンを置き、口元をナプキンで拭う。

ランフォードはリュカの前に置かれた、手つかずの料理の皿を指し示す。

「他の料理は食べないんですか？」

「んー、いらない」

リュカは頑として料理に手をつけず、ランフォードも諦めたようにため息をついた。

――やっぱり、甘い物しか食べてくれないのか。

これはなかなか手ごわい。

那月はとりあえず空いたプリンの容器を下げることにした。

「ナツキは、ほかになにをつくれるの？」

兄の食事が終わるまで、リュカは暇を持て余しているみたいだ。

食器を下げる那月に話しかけてきた。

「ええっと、色々と。明日はクッキーを作ろうと考えてます」

「クッキー？　なにそれー？」

「クッキーは……」

クッキーの作り方をざっと説明する。

リユカは興味津々で聞いていた。

他には？　とさらに聞かれ、マフィンやパンケーキが作れると話す。

「ぜんぶたべたい！　ぜんぶつくって！」

「一度に全部は作れません。お菓子を作るのは時間がかかるんです」

「そっか。じゃあ一こずつでいい。がまんする」

「はい、わかりました」

リユカはとても素直だ。

嬉しい時、楽しい時、悲しい時、全部顔に出る。

しょぼんとしたリユカに申し訳ないと思いつつも、そんな姿も可愛いと思った。

明日はクッキーを作る約束をして、那月は退室した。

厨房に戻り、余った食材で作ったまかないを食べて、後片づけをする。

これで今日の仕事はおしまいだ。

那月は片づけが終わると、自室にあてがわれた四階の部屋に戻る。

肉体的にも精神的にもとても疲れていて、すぐにでも眠りたかった。

「でも、その前に汗を流さないと」

那月はノロノロとバスルームに向かう。

「あ、ちゃんと浴槽がある」

バスルームの窓際に、金色の猫足がついたバスタブが置かれていた。

近づいて中を覗き込むと、温かいお湯が張られ、花びらまで浮かべられている。

使用人なのにこんな贅沢をしていいのだろうか。

少々気は引けるが、湯舟に浸かれるのは嬉しい。

那月はいそいそと服を脱ぎ、湯舟に身を沈める。

「ふう、いい気持ち。今日は色々あったからなあ」

今朝は両親が残してくれた洋菓子店の火事の後片づけをしていた。

一度はパティシエの道を諦めようとしたが、オーブンの中に落ちて、気がついたら縁もゆかりもないこの世界に来ていた。

そんな時に最初に出会ったのがリュカで、キャンディーをあげたら、あれよあれよという間にお城で料理人として働くことになった。

そして今、なぜかこんな豪華な部屋で、優雅なバスタイムを堪能している。

「異世界でも、お菓子作りをしてるなんて……」

パティシエを続けるかどうか迷っていたのに、なんという運命だろう。

でも、見知らぬ国で食うに困らない生活が送れることになったのは、お菓子作りの技術があったから。

身一つでこの世界に来てしまった今の自分には、パティシエとしての腕しかない。

「もう一度、頑張ってみよう」

ここには、自分の作ったお菓子を美味しいと言ってくれる人がいる。

気持ちを新たに、この世界でお菓子を作っていこうと思った。

「さて、今日は何を作ろう?」

那月はエプロンの紐をキュッと締め直し、作業台に並べた食材を前に腕組みする。

「昨日も一昨日も、はちみつクッキーをティータイムに出したから、今日は別のお菓子を作りたいな。うーん……、そうだ、あれにしよう」

卵をボウルに割り入れよく混ぜ、はちみつを少々垂らした。

次にバターも入れて滑(なめ)らかになるまで混ぜ、そこにふるいにかけた小麦粉を入れる。

最後にドライフルーツを入れてさっくり混ぜ、完成した生地をバターを塗ったココット皿に流し込み、パン焼き用の石窯に入れた。

熱された生地がプクリと膨らみ、ココット皿から顔を出す。

焦げないよう注意深く様子を見ながら、頃合いを見て取り出し、串を刺して生焼けじゃないか確認してみる。

「やった、マフィンも作れた」

那月は膨らんだ生地を見て、ホッと息をつく。

ここで働き始めて一週間。

仕事内容自体には慣れてきたが、この石窯の扱いはまだ慣れない。

生焼けだったり焦げてしまったり、何度か失敗している。

石窯を使うたびに、オーブンのありがたみを感じた。

作業台の上で粗熱(あらねつ)を取ってから、マフィンをココット皿から取り出してみる。

厨房にはふんわり甘い香りが漂い、料理人たちもチラチラこちらを見てきた。

「一つ味見してみよう」

ナイフでカットし、一欠(か)けら口に入れる。

レーズンの甘酸っぱさとほのかなはちみつの甘さがちょうどよく、生地も固すぎず、バターの風味も感じる。

「うん、よく出来てる。これならリュカ様に出しても大丈夫そう」

リュカの喜ぶ顔が脳裏に浮かび、無意識に口元が緩む。

「カンラナツキ、そっちは出来たのか？」

「あ、はい、出来てます。よかったら味見してください」

那月は料理長にも味見してもらい、残りは他の料理人たちに食べてもらう。

「……うん、まあいいんじゃないか？　俺はお菓子がどういうものか知らないが、美味いと思う」

「ありがとうございますっ」

料理長から「美味い」と言ってもらえ、自信に繋がった。

他の料理人たちも「今日のお菓子も美味いな」と、マフィンを気に入ってくれたようだ。

また味見用に余分に作ることを約束し、那月は作業台に戻る。

――話しかけてもらえるようになってよかった。

料理人でありながら料理を作ることなく、お菓子のみ作っている那月は、最初の三日間は厨房で浮いていた。

意地悪をされるわけではないが、休憩時間に雑談する相手がいないのは少し寂しい。

しかし、四日目に分量を間違って多く焼いてしまったクッキーを配ってからというもの、皆とよく話をするようになったのだ。

ここにいるのは全員料理人だから、初めて食べたお菓子の味に感動したようで、作り方を熱心に聞いてきてくれた。

お菓子がまた助けてくれた。

「リュカ様も美味しいって言ってくれるかな」

「ぼくのこと、よんだ？」

リュカの顔を思い浮かべながら、那月がせっせと作業台で盛りつけを行っていると、台の対面からニョキッとリュカが顔を出した。

「うわっ!?」

驚きのあまり、焼いたばかりのマフィンを手から落っことしそうになった。

お手玉のように数回手のひらでバウンドさせ、無事にキャッチする。

ほう、と安堵の息を吐き出し、リュカに向き直る。

「リュカ様、どうしてここに？」

「おかしのにおいがしたから、みにきた」

かまどの煙を外に逃がすよう、パイプがつけられている。

その匂いを嗅ぎつけ、やって来たらしい。

「ティータイムにお出しするので、リュカ様は時間までお部屋にいてください」

「やだ！　ここにいる！」

「ええっと、厨房に来ることを、誰かに言ってきましたか？」

リュカは頭を左右にフルフル振った。

那月はいったん手を止め、作業台を回り込みリュカの隣で膝をつく。

「今はお勉強の時間じゃないですか？　お部屋に戻りましょう。キースさんが心配してますよ？」

「……ちがうもん」

リュカは目を逸らし、バレバレの嘘をつく。

那月は困り顔で小さくため息をついた。

——また抜け出して来ちゃったのか。

実はリュカが厨房に顔を出すのは、これで三回目。

ティータイムの前は、リュカは勉強の時間になっている。

勉強に飽きると勝手に部屋を抜け出し、厨房にやって来るのだ。

一回目は那月も経緯を知らず、厨房へやって来たリュカにお菓子を食べさせてあげた。

けれどその後、家庭教師のキースや使用人たちがリュカの名前を呼びながら走り回っているのを目にし、とんでもない事態になっていると青ざめた。

だから二回目は、お菓子を食べ終わったらすぐにリュカを部屋まで連れて行き、大騒ぎにならずにすんだ。

「この前も言ったでしょう？　誰にも言わないで、一人でお部屋から出ちゃ駄目ですって」

「でも、おべんきょう、つまんないんだもん。おべんきょうより、ナツキにあいたい」

王弟であるリュカがどういった生活をしているのか、那月も詳しくは知らない。

だが、以前、勉強ばかりしていると言っていたから、一日の大半を勉強時間が占めているのだろう。

――僕がこのくらいの頃は、勉強なんてしてなかったよな。

ごくごく一般的な家庭で育った自分と比べること自体おかしいのかもしれないが、それでも小さなリュカを見ていると、勉強ばかりの日々は気の毒に思ってしまう。

那月は思わず手を伸ばし、リュカのまん丸の頭を撫でた。

「そうだよね、もっと好きなことしたいよね」

「ナツキ……」

リュカは驚いたように目をパチパチし、じっと見つめてくる。

その時、突然裏口が開き、ランフォードが厨房にズカズカと入ってきた。
険しい顔つきで真っ直ぐこちらに迫ってくる。
「何をしている?」
那月の前で足を止め、上からランフォードがジロリと見下ろしてきた。
ハッと我に返った那月は、慌ててリュカの頭を撫でていた手を引っ込める。
——ま、まずい……っ。
王弟のリュカの頭を無遠慮に撫でるだなんて、使用人がしていいことではない。
那月は冷や汗をかきながら頭を下げた。
心臓が嫌なリズムでドクドクと鳴り出し、身体は硬直したように動かせなくなる。
床に膝をつき俯く那月の横で、ランフォードが身を屈める気配を感じた。
視界の端に、彼が腰に下げている剣が見え、唇が戦慄く。
ランフォードはベルローツ王国の国王。
彼の不興を買えば、どんな処罰を受けるかわからない。
那月がカタカタと震えていると、間近で衣擦れの音がした。
——斬られる……っ。
反射的に両手で頭を抱え込むと、すぐ横で軽やかな足音が聞こえ、リュカがランフォードの腕に飛び込んだ。

「みつかっちゃった～」

「キースが心配していたぞ。あまり心配をかけるな」

「だって、おべんきょうつまんないんだもん」

横から二人の会話が聞こえ、ランフォードが立ち上がった気配がした。

そろそろと目を開くと、リュカを腕に抱えたランフォードの姿が目に入る。

——よかった、僕が頭を撫でていたのは見られてないみたい。

安堵して脱力していると、ランフォードは床にへたり込む那月に向かって手を差し伸べてきた。

手を取っていいのか迷っていると、彼は苛立ったように舌打ちする。

「私の善意を拒否するのか？　お前はそんなことが許される身分じゃない」

そう言うと那月の腕を掴み、力ずくで引き揚げてきた。

「あ、ありがとうございます……」

強引だし言い方も傲慢（ごうまん）だが、助け起こしてくれたようだ。

ランフォードは那月が礼を言い終わる前に背を向け、リュカを抱いて裏口から出て行ってしまう。

「またね、ナツキ」

ランフォードに抱っこされたリュカと目が合うと、小さく手を振ってくれた。

反射的に手を振り返し、二人が扉の向こうに消えてから、長いため息を吐く。

「びっくりした」

まだ心臓がバクバクいっている。

――怒られるかと思った。

だが、ランフォードは怒るどころか座り込んだ那月に手を貸してくれた。

悪い人ではない、とは思う。

これまでも一日のうち、食事と午前午後のティータイムの合計五回は顔を合わせているが、ほとんど会話らしい会話はない。

けれど、料理人として雇った那月に使用人棟ではなく、王族の私室がある四階の一室を与えてくれ、ありえないほどの好待遇で働かせてもらっている。

こうした待遇は、リュカが那月の作るお菓子を気に入って食べているからという理由に他ならないと思うが、素性の知れない自分を迎え入れてくれたことには感謝しかない。

そうしたことから、ランフォードは優しい人だと思うのだが、如何（いかん）せん、たまに自分に向けられる言葉には、どこか刺々（とげとげ）しさを感じずにはいられない。

——料理人としては認めてるけど、人としては嫌われてる、とか？

それはそれで悲しいが、そもそも嫌われるほどランフォードと関わりがない。

「よくわからないや」

同じ屋根の下で寝起きしているが、どうにもランフォードの人となりを知ることが出来ない。

——仕方ないか。あの人は王様で、僕は使用人なんだから。

自分とは生きる世界が違う人。

そう結論づけ、那月は気を取り直して焼いたマフィンを皿に盛りつけていった。


この世界に来て二週間が過ぎた。

朝食が終わり、十時のティータイムになんのお菓子を出そうかと、那月はいつもと変わり映(ば)えしない食材を前に頭を悩ませる。

「他にお菓子の材料になる食材はないのかな？」

いくらレシピが頭の中にあっても、材料がないのでは作れない。

これまでは砂糖の代わりにはちみつを使ってなんとか乗り切ってきたが、そろそろレパートリーに困るようになってきていた。

「うーん、砂糖があればなぁ」

言っても仕方ないことだけれど、どうしても考えてしまう。

那月がため息交じりに呟いたその時。

いつの間に忍び込んだのか、リュカが作業台の下から突然モゾモゾと出てきた。

「ナツキー！」

「うわぁっ!?」

「びっくりした？」

いたずらが大成功し、リュカはご満悦(まんえつ)だ。

那月は引きつり笑いしながら、早鐘を打つ心臓を両手で押さえる。

――毎日これじゃあ、心臓が持たないかも……。

リュカはほぼ毎日、あの手この手で勉強の時間に抜け出し、那月の元へやって来ている。

最近は那月を驚かすことが楽しくなってしまったようで、物陰からいきなり現れてこうして驚かしてくるのだ。

那月が胸元を押さえていると、悲鳴を聞きつけて料理人たちや厨房の外にいた使用人たちが集まってきてしまう。

その中にはランフォードの姿もあり、彼は腰を抜かして床に座り込む那月に歩み寄り、「大丈夫か?」と声をかけてきた。

ランフォードに心配されたことにもびっくりしてしまい、「平気です」と答える声が上ずってしまう。

ランフォードは那月の腕を掴んで立ち上がらせるとそのままイスに座らせ、質問してきた。

「疲れているんじゃないのか?　料理長から聞いている。お前は休みを全く取っていないそうだな。なぜ休まないいんだ?」

「えっと……」

ランフォードは那月が尻もちをついた理由を誤解している。

しかし、それを指摘する勇気が出ない。

「ええっと、大丈夫です」

曖昧な返答で逃げようとしたのに、ランフォードは納得してくれなかった。

料理人にも休日はある。

三日に一度、ローテーションで休むことになっていた。

しかし、お菓子が作れるのは那月だけのため、那月は厨房で働き始めて以来、一度も休みを取っていない。

それは自分がしたくてしていること。

休みをもらっても、この国のことを何も知らないからどこかに行くことも出来ず、部屋にこもって過ごすしかない。

だったら厨房に立って、お菓子を作っていた方が楽しい。

料理長にもそう伝えて、毎日厨房で働いていた。

使用人の勤務形態のことなど、国王であるランフォードは把握していないと思っていたが、どうしてか知られていたみたいだ。

自分のことをランフォードが気にかけてくれていたことが意外だったが、那月がいないとリュカの食欲にも影響するからだろう。

最近、リュカはお菓子以外のものも少しずつ口にするようになっている。

それは、那月の何気ない一言がきっかけだった。

いつもお菓子にしか手をつけないリュカを見て、ふと「デザートは最後に食べるものなんですよ」と言ったことがある。

食べてみたら意外と口に合ったのか、スープは完食してくれるようになり、次第に食べる量も増えてきていた。

　料理を口に運ぶリュカを見て、ランフォードもホッとした顔をしていた。

　そうしたことから、リュカが料理を食べているのは食後のお菓子があるおかげ＝作っている那月のおかげ、という式がランフォードの中で出来上がったらしい。

　かといって、それを口に出して那月を褒めるということはなかったが、以前よりも当たりは柔らかくなったような気がしている。

　だからランフォードは、リュカが食事を摂るためには那月が必要で、なるべく長く厨房で働かせるために、適度な休息を取らせようとしているのだと思った。

　那月はそれを念頭に置いてこう答える。

「ちょっとびっくりして、腰が抜けただけです。別に疲れてません。僕はお菓子作りが大好きだし、休みをもらっても特にやりたいこともないので」

　こう言えばランフォードも納得すると思ったのに、彼は質問を重ねてくる。

「やりたいことがないのか？　行きたい場所もか？」

「僕はこの国のことはほとんど知らないので、どこに行けばいいのかわからなくて……」

　那月が答えると、ランフォードはやや思案するように口を閉ざした後、予想外の命令を下してきた。

「カンラナツキ。本日はこれ以降、厨房に立ち入ることを禁ずる」

「……はい⁉」

——厨房に入るのを禁止する？

何を言っているのだろう。

厨房に入らないとお菓子が作れない。

——つまり、クビ⁉

「す、すみませんっ。僕、何かまずいことをしてしまいましたか？」

クビになりたくない。

城を追い出されると困るのもあるが、それよりもリュカが心配だ。

お菓子がないと料理を食べなくなってしまうかもしれない。

——どうして？

さっきは休むよう言ってきたのに。

それはリュカのためにも長く働いてほしいから、休息を取るよう言っていたわけじゃないのか？

ランフォードの考えがわからなくて困惑する。

「教えてください。直しますから……」

那月が困り顔で尋ねると、それが癇に障ったらしく、彼は鋭い眼差しで射貫くように見下ろしてきた。

「私の命令に異論があるということか?」

「い、いえっ、違います。その、いきなり解雇を言い渡されて、ビックリして……」

那月が泣きそうになりながらも勇気を出して伝えると、彼は虚を突かれたような顔をし、珍しくフッと頬を緩めた。

「解雇ではない。今日一日、厨房に入らず休むようにと言っているんだ」

「え、あ……、そういうこと、ですか」

どうやら自分の早とちりだったみたいだ。

クビじゃなくて本当によかった。

胸元を押さえ、安堵の吐息をこぼす。

休みを取ろうとしない那月を案じて、命令という形で強制的に休みを取らせようとしてくれたらしい。

「では、ただちに厨房から出て、部屋へ行け。着替えた後に外で待機していろ」

「は……、え?」

はい、と頷こうとして、はたと思い留まる。

――着替えて？　外で待機？

訳が分からなくて首を傾げると、ランフォードは再び険しい顔つきになり、「私の命令に逆らうことは許さないと言ったはずだが？」とつけ足してきた。

那月はピシッと背筋を伸ばし、「はいっ」と返事をして、大急ぎで与えられた部屋へ駆けていく。

部屋に入るなりクローゼットへ直行し、しばらく袖を通していなかった、元の世界の衣服に着替える。

「早く外へ出ないと……」

遅くなったらランフォードに何を言われるかわからない。

ところが、勢いよく扉を開け廊下へ飛び出した直後、何かにぶつかってしまった。

「きゃうっ」

「え？　あっ、ごめん、リュカ様！」

小さなリュカが視界に入らず、思い切り正面衝突してしまった。

血相を変えて廊下に転がったリュカを抱き起こし、全身を確認する。

「どこか痛いところはない？　ごめんね、僕がちゃんと見てなかったから、痛い思いをさせちゃった」

「ん、へいきだよ」

リュカは那月を見上げて笑顔を見せる。

怪我をしていないようで本当によかった。

「ねえねえ、ナツキ。そのふくでいくの？」

「あ、うん。じゃない、はい。他に服を持ってないから」

「そんなはずはないだろう？」

突然低い声が聞こえ、飛び上がらんばかりに驚いた。

横を見るとそこにはランフォードが立っている。

——い、いつからそこに!?

リュカと激突して慌てていたから、ランフォードの存在に気がつかなかった。

硬直する那月をその場に残し、彼は断りもなくズカズカと部屋の中へ入っていく。

そしてクローゼットを開け、かけてあった服を手に戻ってきた。

「あるじゃないか。なぜ着ないんだ？　気に入らなかったのか？」

「そういうわけじゃあ……。忙いでいたのでついこの服を手に取ってしまって」

「その服装はこの国では目立つ。着替えろ」

ズイッと服を突きつけられ、有無を言わさぬ圧力を感じ、言われた通りに着替えた。

「これでいいのかな？」

姿見で確認すると、着なれない服だから違和感はあるものの、サイズはぴったりで動きやすい。

淡いグリーンの上着に、同じ色のパンツ。上着の下はワイシャツに濃いグリーンのリボンタイといった装いだ。

「スーツに似てるけど、細かい刺繍がたくさん入ってる」

袖や襟のところには銀色の細い糸で繊細な模様が描かれていて、手の込んだ作りになっていた。

生地も肌触りがよく、着心地がとてもいい。

「おい、まだか？」

「もう着替え終わってますっ」

クローゼットの外からしびれを切らしたランフォードの声が聞こえ、那月は急いで扉を開ける。

「お待たせしました」

ランフォードの前に立つと、彼はしげしげと那月の全身を観察するように眺めた。

「あの、何か変ですか？」

「いや、変ではない。これなら、街を歩いても好奇の目で見られることはないだろう」

――え？　街？

予想外の単語が飛び出し、那月は瞳を瞬(しばたた)かせる。

その表情から考えていることを察したランフォードが、行き先を口にした。

「街へ行く。ついて来い」

「え？　どうして僕が？」

街へ行くのだったら、料理人の自分ではない人を連れて行くべきなんじゃないだろうか。

そういった思いから反射的に聞き返していたが、またもランフォードにジロリと睨みつけられる。

「いったい何回同じことを言わせるつもりだ？　私の決定には黙って従えばいいんだ」

「は、はい、どこまででもお供いたしますっ」

ランフォードが踵(きびす)を返し、先に立って歩き出そうとした。

ところが。

「ぼくも！　ぼくもいく！」

リュカが両手を広げて、ランフォードの腰に飛びついた。

「リュカは勉強する時間だろう？　最近は抜け出してばかりで捗(はかど)っていないそうじゃない

か。お前は大人しくここで勉強してるんだ」

「いーやっ。ぼくもいくの！」

駄々をこねるリュカを抱き上げ、ランフォードがため息をつく。

リュカは絶対に離れない、と言わんばかりの必死の形相で兄にしがみついている。

「離れるんだ」

「やだ！」

いくらランフォードが宥めても、リュカは納得してくれない。

とうとうリュカの瞳に涙が滲み出し、那月は胸が痛くなってつい口を挟んでいた。

「あの、一緒に連れて行ってあげてもいいんじゃないですか？」

こちらを向いたランフォードのグリーンの瞳が眇められる。

その圧力に負けそうになったが、もう一度言葉を紡ぐ。

「お出かけした後に、ちゃんと勉強するって約束してくれたら、連れていってもいいんじゃないかなって思います」

「やくそく、するー！」

リュカはパアッと瞳を輝かせ、大きな声で宣言した。

もう本人は行く気満々だ。

さすがにこんなに喜んでいるのに「駄目だ」とは言えないらしく、ランフォードも根負けして頷いた。

「街から戻ったら、必ず勉強をするんだぞ？」

「はーい！」

リュカが右手を挙げ、元気よく返事する。

ランフォードは嘆息し、様子を窺っていた使用人を呼び寄せ、リュカを着替えさせるよう指示を出す。

「どうして、おきがえするの？」

「その格好だと、身分を知られてしまう可能性があるからだ。着替えてこい」

「ふうん。わかったー」

使用人に促され、リュカは足取り軽く自分の部屋へ向かった。

ウキウキしているのが足取りに現れている。

「あんなに喜んで、可愛いなぁ」

心の中での呟きが、ポロリと口からこぼれていた。

それを聞き咎めたランフォードが「お前はリュカに甘い」と忠告してきた。

「幼くともリュカは王弟。いずれは国の要職に就く身だ。国に住まう民を守るためにも、日々勉学に励(はげ)まなければいけない」

「は、はい。そうでした」

――うう、気まずい。

リュカが戻るまで、ランフォードと二人きりで待たなければいけない。

そういえば、これまでランフォードと二人きりになったことはなかった。

――何か話した方がいいのかな？　それとも黙っていた方がいい？

この状況を意識した途端に、緊張からブワッと額に汗が浮き出てきた。

「汗が出てるじゃないか。慣れない服を着たから、苦しいのか？」

ランフォードは目ざとく汗に気づき、指先で額を拭ってきた。

「ひ、ひぇっ!?」

そんなことをされるとは思わず、口から変な声が出てしまう。

ランフォードは眉を顰(しか)め不機嫌そうな顔で手を引いたが、今度は首元のリボンに指をかけてきた。

「な、なな、何を!?」

「動くな」

「は、はいっ」

少しでも意に添わぬ行動を取ったら、どのような処罰を受けるかわからない。

そんな不穏なことを考えてしまうほど、間近に迫るランフォードには迫力があった。

――なまじ顔が整ってるから、緊張するのかも。

スラリとした長身に、誰もが羨むほどの整った顔立ち。

もう少し愛想よくすればいいのに、と思う反面、彼が厳しさの滲む瞳をしているのは国王という立場ゆえかもしれない。

きっと、一般人の自分には計り知れない、大変な責任を背負っているのだ。

少しでも緊張を解したくてあれこれ考えているうちに、ランフォードは那月のリボンを一度解き、緩く結び直してくれた。

「結び方が間違っていたから、首が締まって苦しかったんだろう」

どうだ？　と聞かれ、先ほどより楽に息が出来ることに気づく。

「楽です、とても。ありがとうございます」

素直に感謝を述べると、ランフォードが一瞬息を飲んだ気配がした。

――今度は何？

まだどこかおかしいのかと怪訝に思っていると、ランフォードはスッと視線を外し、小声で呟いた。

「私の前でも、そんな顔が出来るんじゃないか」

「……え？」

「いつも、私の前では怯えたような顔をしている。そんなに私が怖いのか？」

「そんなことは、ないですけど……」

――怖いというか、圧力がすごくて……。

心の中でだけ本心を呟く。

けれど、本人を前にして言えるわけがなく、しどろもどろになりながら言葉を濁した。

それが気に入らなかったのか、ランフォードはムッと口を引き結び、ピリピリとした空気が辺りに漂い始める。

――リュカ様、早く戻って来てくれないかな。

ランフォードはリュカといる時、いくぶん穏やかな顔をしている。

弟のことを大切に想っているからだろう。

この重い空気を払拭出来るのは、リュカしかいない。

那月は今か今かとリュカが戻って来るのを待つ。

「にいさま、ナツキ、じゅんびできたよ～」

いくぶん控えめな色合いの服に着替えたリュカが、トコトコ駆けてくる。

那月はホッとして肩の力を抜いた。

すると、隣から刺すような視線を感じて恐る恐るランフォードを見やるが、彼は眉根を寄せて不機嫌そうな顔をしながらも、何も言ってこなかった。

――な、なんだろ？

また何か失礼なことをしてしまっただろうか、と怯える那月を残し、ランフォードはリュカを抱き上げ、さっさと先に立って歩き始めてしまった。

その後ろを小走りでついて行き、用意されていた馬車に乗り込む。

馬車は城の庭園の中を通り城壁の外へ出て街へ向かって走っているが、那月はまだこの状況を整理しきれず、座席に座りながら身を強張（こわば）らせる。

――き、緊張する。

那月の向かいにはリュカとランフォードが腰掛けている。

チラリと二人の様子を窺うと、リュカとばっちり目が合った。

「みんなでおでかけ、たのしいね！」

「はは、そ、そうですね」

リュカ相手の会話でもぎこちなくなってしまうのは、ランフォードが同じ車内にいるからだ。

リュカは無邪気にはしゃいでいるが、ランフォードは無言で車窓を眺めている。

那月はもう、倒れそうなくらい緊張していた。

——国王って、皆こういう感じなのかな？

これまで出会った誰よりも、ランフォードは存在感がある。

いい意味でも悪い意味でも、そこにいるだけで場を支配しているような、そんな空気を纏っていた。

だからこそ、彼の表情が少し変化しただけでも、周囲に多大な影響を与える。

それは王族だからなのか、それともランフォードだからなのか……。

向かい側の席から放たれる不機嫌なオーラをヒシヒシと感じながら、なるべく彼を刺激しないようにしよう、と心に誓う。

「にいさま、どこへいくのー？」

「とりあえず、街の主要なエリアを回らせる。寄りたいところがあったら言え。馬車を止める」

「はーい」

二人の会話だと思い黙って聞いていたが、ランフォードがギロリとこちらに視線を向けてきた。

「返事はどうした？」

「え、僕も？」

「当たり前だろう、お前のためにこうして街を案内してやってるんだ」

——案内してくれてたの!?

全く気づかなかった。

ポカンとしていると、ランフォードが苛立ったような口調で早口で続ける。

「お前が、休みを取っても何をしていいのかわからない、と言ったから、連れ出してやったんだ。そのくらいわからないのか？」

「す、すみませんっ」

——そんなこと、あの一連の流れからわからないよ。

だって、彼はベルローツ王国の国王。

料理人の一人にすぎない自分のために、自ら街を案内してくれるだなんて、誰が想像出来るのか。

——どうして、こんなことまでしてくれるんだろ？

ランフォードが暇を持て余している、というのはないと思う。

城にいる時は、リュカとの食事の時間はきちんと取るようにしているようだが、視察のために城の外に出かけていることも多い。

料理長が厨房に残って、ランフォードのための夜食を作っていることもある。

ランフォードが多忙なことは、料理人の那月も知っている。

――そんな人が、どうして僕のために時間を作ってくれたの？

リュカのためには、専属料理人である那月は必要だと思う。

それでも、政務の時間を割いて街の案内をしてくれるだなんて、普通では考えられない。

もしかして、半ば（なか）強制的に城で働かせていることに罪悪感を抱いているのだろうか。

だから気にかけてくれているのか？

那月が悶々（もんもん）と考え込んでいると、何も知らないリュカが外を指さして言った。

「あ！　フルーツがいっぱいある！」

つられて外を見ると、通りの両脇に様々な商店が立ち並んでいた。

店の外には日よけの布が張られ、その下に台を置き商品を並べて、店員が道行く人に声をかけている。

通りは買い物客でにぎわい、とても活気があった。

「わぁ、どんなものが売ってるんだろ」

那月が無意識に感嘆の声を漏らすと、ランフォードが従者に合図し馬車を停めさせる。

「降りるぞ」

「わーい」

ランフォードに続き、リュカが馬車からジャンプして飛び降りる。

「端から見てみよう」

「は、はい」

ランフォードはリュカと手を繋ぎ、通りにある店の前をゆっくり歩く。

リュカは先ほど馬車から見えた果物屋が気になるようで、ランフォードの手を引っ張って先を急ぐ。

那月は二人に置いて行かれないようにするので精一杯だった。

「ほら、これ！　ナツキのおかしにはいってた」

リュカが並べられたオレンジを指さす。

以前、オレンジを薄く輪切りにし、マフィンの上に乗せていたのを覚えていてくれたようだ。

「よく覚えてますね」

「うん！　きれいだったから。あ、これはラズベリーでしょ？　すっぱくてすきじゃなかったけど、おかしといっしょにたべると、おいしかった」

リュカは嬉しそうに、並んだ果物を一つずつ確認していく。

「リュカ様、食べてみたい物はありますか？　今度それを使ったお菓子を作りますよ」

「ほんと!?　じゃあ、このみがいい」

「クルミですね、わかりました。料理長に仕入れておくように伝えておきます」

那月がそう言うと、ランフォードが店主にクルミを包むよう伝え、ベルローツ王国の貨幣である銀色の硬貨を渡した。

「今目の前にあるのに買わないだなんて、効率が悪い。他にも欲しい物があったら言え」

「あ、ありがとうございます」

リュカはその他にバナナを選んだ。

ランフォードが店員から紙袋に入れられたフルーツを受け取る。

那月は荷物を持とうと声をかけたが、「気にしなくていい」とあっさり断られてしまう。

果物屋を後にし、他の店を見ながら歩いていると、ランフォードがこんなことを言ってきた。

「ここではリュカのことを『リュカ様』と呼ぶな。それと、敬語も使わなくていい」

「どうしてですか？」

「今日は王族として視察に訪れたわけじゃないからだ。身分を知られると面倒なことになる。通常、王族や貴族がこのように街を歩くことはない。我々の服装から一般的な平民を装うことは出来ないが、平民の中の資産家程度には見られるはずだ。そのつもりで振る舞ってくれ」

自国の領土内でも、王族だと知られればその身に危険が及ぶかもしれないということか。リュカが危険な目に合ったら、と想像してしまい、ブルリと身体が震えた。

「もう十分案内してもらいました。お城へ帰りましょう？」

「まだ街に来て少ししか経っていない。リュカだってまだ満足していないだろう」

「でも、リュカ様に何かあったら、って考えたら……」

癖でつい『様』をつけてしまった。

ランフォードは聞き逃さず、咎めるような視線を送ってくる。

「すみません、うっかりしてしまって」

「にいさま、ナツキ、おそいよ～」

先を歩いていたリュカがこちらを振り返り、急かしてくる。

ランフォードと話していてリュカをちゃんと見ていなかったことに気づき、慌てて傍へ行く。

「リュカさ……、くん、ごめん。あんまり離れないようにね」

「ナツキがまいごになっちゃうもんね」

「いや、僕が迷子になるっていうか……」

「て、つないであげる」

リュカが那月に小さな手を差し出してくる。

使用人が気軽に王族に触れることは許されていない。

こちらの世界に来て日は浅いが、城での生活が長くなるにつれて、身分というものへの意識が那月の中にも生まれていた。

だから、王弟のリュカに触れることを躊躇ってしまう。

「どうしたの？」

「えっと……」

「私は荷物を持っている。だからお前が手を繋いでやってくれ」

戸惑う那月の耳元で、ランフォードが小声で囁いてきた。

ランフォードの声がすぐ近くで聞こえ、心臓が跳ね上がる。

「うわっ」

思わず大きな声を出してしまい、ランフォードに睨まれる。

「そんなに驚くことじゃないだろう？　それほど私が怖いのか？」

「い、いえ、そんなことはないですっ。ちょっとびっくりしただけで」

「……早くリュカと手を繋げ」

ランフォードはそれ以上、那月を責めることはなかった。

那月は彼の機嫌を損ねないように、素早くリュカの手を握る。

自分よりもずっと小さな手。

繋ぐとよりいっそう小さいと感じた。

「にいさまも、まいごにならないでね」

「ああ、わかった」

リュカの声に応えるランフォードの口調は、いつもより穏やかだった。

そのまま通りを歩き、店の多さに驚かされる。

「ここに来ればなんでも揃いそう」

「ここはベルローツ王国の中心都市だからな。他国からの商人もやって来る。たいがいのものは手に入るだろう。ただし、この賑わいも夏の間だけだ。秋になると雪がちらつき始め、冬は雪が積もる。そのため、冬は一日のほとんどを家の中で過ごさなくてはいけないんだ」

なんの気なしにこぼした独り言に、ランフォードが答えてくれた。

自然と会話のような形になっていて、新鮮な気持ちになる。

　いつもはただ命令を下されるだけで、それに対して疑問を口に出すことも許されないから、少し緊張するけどランフォードと普通に会話が出来て嬉しかった。

「ベルローツ王国は雪が多い国なんですか？」

「我が国は大陸の中では小国に位置づけられる。四方を高い山々に囲まれ、その地理ゆえに、冬は雪に閉ざされる。山のおかげで他国から攻め込まれることもないが、その反面、冬の間は他国との行き来も出来ず、活気を失う」

　この世界に来てからずっと、ちょうどいい過ごしやすい気温だったから、一年中こういった気候なのかと思っていた。

　冬は打って変わって厳しい環境になるらしい。

「だからこそ、この夏の時期は国中に力が漲るんだ」

　そう語るランフォードは、優しい眼差しを街の人々に向けていた。

　冬は厳しい寒さに襲われるが、彼は自身が生まれ育ったこの国を愛している。

　それがよく伝わって来た。

　その後も、歩きながらポツリポツリと会話が続く。

　ランフォードは子供が好きそうな店にリュカを連れて行ったりして、この街を熟知している様子だった。

「よく街に来られるんですか？　店の場所を把握してますよね」

「時々、身分を隠して訪れる。視察という形では見えない部分があるからな。こうして自らの足で歩くことで気づくこともあるんだ」

「ランフォード様は、いい国王なんですね」

人任せにせず、自分の目で国民の生活状況を確認する。

簡単なようで難しいことだが、彼はそれが出来る国王だった。

那月が感心して伝えると、ランフォードはなぜか眉根を寄せて低い声で注意してくる。

「また『様』がついている。それに、私のことを国王だと口に出すのもやめろ」

「す、すみません。……えっと、じゃあなんとお呼びすれば？」

「どう呼んでもらってもかまわない。今この場では、私とお前は友人という設定だ。友人に『様』はつけないだろう？」

その設定は初めて聞いた。

でも、そんなことランフォードに指摘出来ない。

少し考えて、「ランフォードさん、とお呼びしてもいいですか？」とお伺いを立てる。

ランフォードはどうしてか少し不満そうだったが、頷いてくれた。

「それでいいだろう。友人と言えど、歳が離れていれば敬意を表するものだからな。敬語も、まあ許してやろう」

「え？　そんなに歳が違いますか？　お若く見えますけど」

那月にはランフォードは二十台半ばに見える。

自分とそう歳が違うとは思えなかったが、若く見えるけど実は三十代なのだろうか。

「二十五だ。お前は十五、六だろう？　私がそんな年齢に見えていたのか？」

ランフォードは、心外だ、と言いたげな口ぶりで言ってきたが、那月の方こそ、自分が実際とかけ離れた年齢で見られていたことを知りショックを受ける。

「……僕は二十一歳です」

年齢より若く見られることはあるが、これでも一応社会人だ。

十五、六歳だと高校生になってしまう。

それはさすがに落ち込む。

さらに、那月の年齢を知ったランフォードが思い切り驚いた顔をしたので、追い打ちをかけられた気分だった。

「それはすまなかったな。十は離れていると思っていた」

「いえ、よくあることなので、気にしてないです」

「ぼくは、五さいだよ～」

大人二人の会話に混ぜてもらいたかったのか、隙を見てリュカが声を上げた。

「リュカくんは五歳なんだね。ランフォードさんとはちょっと歳が離れてるのか」

「二年前に両親が病で亡くなり、今では二人きりの家族だ。親子ほど歳が離れているから、つい甘やかしてしまう」

ランフォードはいつになく柔らかな眼差しでリュカを見つめる。

彼がリュカを大切に想っているのは、誰が見ても明らかだ。

「ぼく、にいさまがだいすき」

「そうか」

「ナツキも、おなじくらいだいすきだよ。おいしいおかしつくってくれるし、いいにおいがするし、やさしいから」

子供特有の、ストレートに好意を口に出して伝えられ、ちょっと照れてしまった。

それでも、そう言ってもらえて嬉しい。

「ありがとう。とっても嬉しい」

リュカがいると、場の空気が明るくなる。

この子の周りにいる人は、皆笑顔を誘われる。

リュカは人を幸せな気持ちにする、すごい力を持っていると感じた。

「にいさまも、ナツキのことすきだよね？」

「…………」

突然話を振られ、ランフォードはなんとも言えない表情をした。

リュカを悲しませないために頷きたい反面、本人を前にして嘘でも「好きだ」とは言いたくないのだろう。

ランフォードが自分に対し、使用人に向ける感情以上のものを抱いていないことはわかっているが、あからさまに嫌そうな顔をされるとちょっと傷ついてしまう。

「にいさま？　どうしたの？」

なかなか答えてくれない兄を見上げ、リュカが首を傾げる。

ランフォードはリュカの視線から逃げるように視線を逸らし、近くの店を指さす。

「あの店、料理人なら見ておきたいだろう？　立ち寄ろう」

こちらの返答を待たず、ランフォードはさっさと店内に入っていく。

なんの店だろう、と確かめると、店内にはハーブが詰まった瓶がたくさん並んでいた。

「ここはハーブのお店？」

ベルローツ王国では、ハーブが調味料として使われている。

厨房にも各種ハーブが取りそろえられているが、見たことないものがあるかもしれない。

――もしかしたら、お菓子に使えるハーブがあるかも。

那月は興味を引かれ、店内に足を踏み入れる。

「こんなにたくさん種類があるんだ。あ、塩も置いてある」

那月がハーブを見て回っている間、リュカは大人しくつき合ってくれていた。

「どれか買うか？」

ランフォードが聞いてきてくれたが、ハーブのことは詳しくないため、お菓子で使えるかどうかがわからない。

厨房になんのハーブがあるかも把握していないから、せっかく買ってもらっても厨房にあるものだったらもったいない。

「ハーブのことをもっと勉強してからにします。あ、でも……」

――ここなら、あるかもしれない。

那月は微かな期待を込めて、聞いてみた。

「砂糖があるなら、少しでいいから欲しいです」

ベルローツ王国では砂糖は貴重だ。

城の厨房にも砂糖は置いていない。

だが、砂糖をふんだんに使うジャムは置いてある。

以前、料理長に聞いたところ、年に一度、他国から砂糖を輸入していると教えてもらった。

高価なためたくさんは買えないらしいが、ジャムに加工してパンに塗って食べているそうだ。

国王であっても、たまにしか口に出来ない高級品らしい。

――でも、もしかしたら砂糖が置いてあるかも。

砂糖があれば、もっと色々なお菓子が作れる。

卵白を泡立てて作るメレンゲも、砂糖を加えれば形が崩れにくくなり、シフォンケーキやパンケーキもフワフワに膨らむ。

これまで何度かメレンゲを使うお菓子を作ってみたが、どうしてもメレンゲが上手くいかず断念していた。

他にも、これまではちみつで作っていたクッキーも、砂糖で作れば味に変化が出るし、お菓子作りで大活躍してくれるはずだ。

なんとかして砂糖を手に入れたいと思ったのだが、ランフォードは店主にも聞かずに「ないだろう」と返してきた。

「この国で砂糖が売っているのは見たことがない。そもそも、貴族でさえ入手困難な代物だ。街で手に入るとは思えない」

「そう、なんですか」

――やっぱり、ベルローツ王国で砂糖を手に入れるのは無理なのか。

砂糖が手に入った時のことを想像して舞い上がっていたため、余計に落胆してしまう。

目に見えて肩を落としていると、ランフォードが再度尋ねてきた。

「どうしてそんなに砂糖を手に入れたいんだ？」

「お菓子作りで必要だからです。砂糖があれば、もっと色んなお菓子が作れるから」

今日、街中を歩き、色んな食材が売られているのを目にしたことで、頭の中にレシピがたくさん浮かんできた。

砂糖の他にも足りない材料はあるが、それでも砂糖が手に入ればいくつものレシピが実現可能だ。

那月はそのようなことをランフォードに伝えた。

彼は黙って聞いていてくれたが、渋い顔で「それでも、手に入れることは難しい」と返してきた。

――そう上手くはいかないか。

ここは異世界。

元の世界では当たり前に手に入ったものが、存在していないことも多い。

――もう砂糖は諦めよう。

頭ではそう思うのに、すぐに気持ちを切り替えられない。

「ナツキ、どうしたの？」

那月が沈んだ顔をしていると、リュカが心配そうに話しかけてきた。

「なんでもないよ。気にしないで」

「さとうがないから、かなしいおかおしてるの？」

よく人の話を聞いている。

感心しつつ、那月は「大丈夫」と言うしかなかった。

リュカは眉を下げ、那月と同じ悲しそうな顔をする。

しかし、すぐに意を決したようなキリッとした表情をし、「ナツキ、みて」と言ってきた。

「ひよこ！」

リュカは自分のほっぺたを両手で押さえ、尖(とが)らせた唇をパクパク動かす。

真剣な顔でやるものだから、おかしくて笑ってしまった。

吹き出した後で、一生懸命にやっていることを笑ってはダメだ、と表情を戻したが、笑

った那月を見てリュカもニッコリ笑う。

「ナツキ、わらった！」

「ごめん、笑っちゃって」

「ううん、ぼくはナツキをわらわせたかったの」

そこでようやく、リュカが身体を張って沈んだ表情をしている自分を笑わせてくれようとしたのだと気づいた。

「そう。ありがとう、リュカくん」

「ナツキはぼくのために、いつもおいしいおかしをつくってくれるでしょ？　だから、ぼくは、ナツキがかなしいおかおをしないように、わらわせてあげる」

お菓子を作ってくれることへの、リュカなりのお礼らしい。

――なんていい子なんだろう。

那月のために、一生懸命考えてくれた。

その気持ちが嬉しい。

「ありがとう、リュカくん。僕はリュカくんが美味しそうにお菓子を食べてくれるだけで嬉しいんだ。いつも美味しいって言ってくれて、ありがとう」

「うれしいの？　なら、これからもっといっぱい、おいしいっていうね！」

那月が感動して胸いっぱいになっていると、ランフォードがふと呟いた。

「そういえば、昔、視察で訪れた村で、砂糖に似たものを見た気がする」

「え!?　本当ですかっ」

那月は勢いよく振り返り、ランフォードに詰め寄る。

突然の動きにランフォードはたじろいだように一歩後ろへ下がり、「ああ」と頷いた。

「ただ、通常の砂糖とは色々と相違点があった。色も茶色で、形状も砂糖のようにサラサラしておらず、塊になっていた」

とある村に視察に行った際、茶色い砂糖らしき塊を見せられ、それで作ったというジャムを土産(みやげ)にと渡されたらしい。

持ち帰ったジャムを料理長が毒見兼味見をしたところ、白い砂糖で作ったものと近い味だったという。

しかし、見た目が砂糖とは異なっていたため、身体に悪いものが入っているかもしれないと判断され、ランフォードは口にしていないそうだ。

「それ、上白糖(じょうはくとう)じゃなく、別の砂糖かもしれません」

「砂糖に種類があるのか？　他国から輸入しているものは、全て白い砂糖だが」

「一口に砂糖と言ってもたくさんあって、中には茶色い砂糖もあるんです」

「だが、毒性はないのか？　有毒なものが含まれているのなら、リュカに食べさせるわけにはいかない」

「むしろ身体にいい成分が入っています。料理長は茶色い砂糖で作ったジャムを食べたんでしょう？　それでも、今も元気に厨房で働いているじゃないですか」

ランフォードは熟考し始め、那月は我慢出来ずに言葉を重ねる。

「心配なら、僕がいくらでも毒見します。だから、どうかその砂糖を作っていた村の場所を教えてくださいっ」

――砂糖が手に入るかもしれない……！

那月が期待に胸を膨らませながら頭を下げると、ランフォードがようやく口を開いた。

「……わかった。お前の言う通り、あれが砂糖の一種だった場合、我が国にとってとても大きな収穫になる。私としても、砂糖かどうか調べたい」

「じゃあ、僕が行って確かめてきます。場所はどこですか？」

勢い込んで立候補したが、ランフォードは頭を左右に振った。

「村の場所を教えたら、一人で飛んで行ってしまうだろう？」

「はい」

「それは駄目だ。その村は北の山の頂上付近にある。険しく複雑な山道を行かねばならない。山歩きに慣れていない人間を一人で行かせるわけにはいかない」

「じゃあ、いつ調査に向かうことになりますか？　その時は僕も一緒に行かせてください」

那月はなおも言い募る。

しかし、ランフォードが告げて来たのは、かなり先の日程だった。

「来年の夏だ」

「い、一年後!?」

「調査隊を向かわせるにも、諸々の調整と準備が必要になる。調整自体は二、三カ月あればなんとかなる。だが、実際に調査に向かう時には、すでに山頂には雪が積もっているだろう。雪山を登るのは危険だ。雪が解けてから向かうことになる」

――そんなに待ってられない。

村に行けば、砂糖が手に入るかもしれないのに。

「じゃあ、やっぱり僕が一人で行きます」

なんと言われようと、那月の決意は揺るがない。

それを悟ったランフォードは、大きく息を吐き出した。

「強情だな。普段は私と目を合わせることすら怯えているのに。まるで別人のようだ」

「す、すみません」

指摘されて、自分が話しているのは国王なのだと思い出した。

彼の決定に異論を唱えることは許されない。

今まで何度も言われてきた。

那月は我に返り、ランフォードから咎められるのを覚悟する。

しかし、彼は思ってもいないことを言ってきたのだ。

「お前を一人で行かせるわけにはいかない。山に向かうと見せかけ、逃げる算段かもしれないからな」

「な……っ」

――逃げるつもりなんてないのに。

確かにきっかけはやや無理やりだったが、今はお城でパティシエとして働けてよかったと思っている。

砂糖を求めて山に行こうと思ったのも、全部今の仕事のために必要だからだ。

結局、自分は信用されていなかったのかと悲しくなったが、ランフォードの言葉には続きがあった。

「だから、監視役として私も同行する。この条件を飲むのなら、近日中に村へ行くことを許可する」

――ランフォードさんが一緒に!?

これが通常ではありえないことだというのは、那月にもわかった。

「そんなこと、ランフォードさんにさせられませんっ」

那月は恐縮してそう言ったのだが、彼はムッとしたような顔つきで言ってきた。

「私と行動を共にすることが、そんなに嫌なのか？」

「えっ、いえ、そういうわけじゃなくて……。ランフォードさんはお忙しいでしょうから、僕のために時間を取らせるのは……」

しどろもどろになりながら伝えると、ランフォードは口角を上げ、不敵な笑みを浮かべる。

「私はベルローツ王国の現国王だ。この国では、私の意思が何よりも優先される」

――それは、そうなんだと思うけど……。

こんなことを最優先事項にしていいのだろうか。もっと他に優先しなくてはいけない政務があるのでは？

そう思ったものの、ただの料理人が国王に意見出来るはずがない。

ランフォードは話がまとまったとばかりに、急いで城へ戻ることにしたようだ。

「リュカ、急ぎの用件が出来た。城へ戻るぞ」

「もうちょっといたいのにー」

「もっと美味い菓子を食べるために、やらなくてはいけないことが出来たんだ。今は我慢してくれ」

「おいしいおかし⁉　がまん、する！」

リユカにもわかりやすい言葉で説明し同意を得て、ランフォードはリユカを抱き上げ身をひるがえした。

馬車へと急ぐその背中を追いかけながら、なんだか色々とすごいことになった、と那月の胸中では期待と不安が入り混じっていた。

——こんな緑の中を歩くなんて、久しぶりだ。

頭上で揺れる木々の葉を見上げ、心中で呟く。

頬を爽やかな風が撫でていき、那月は乱れた髪をかき上げる。

次の瞬間、足元に伸びていた木の根に躓き、転びそうになってしまった。

「わっ」

「大丈夫か」

「あ、ありがとうございます」

那月の腕を掴み支えてくれたのはランフォードだ。

彼は濃紺のパンツに白いシャツ、パンツと同色のベストという軽装に身を包んでいる。

「休憩するか？」

「いえ、いいです。まだ歩けます」

日暮れまで時間があるとはいえ、何度も休憩を取っていたらその分、到着が遅くなってしまう。

那月は頭を左右に振り、先に進むことを促した。

「無理をするな。まだ先は長い」

ランフォードはそう言うと、那月が背負っていた荷物を取り上げた。そのまま自身の肩にかけ、代わりに運んでくれるようだ。

国王にそんなことをさせられない、と焦ったが、きっと自分で持つと言っても返してくれないだろう。

なぜなら、彼は自分がしたいように行動する人だからだ。

護衛たちもランフォードが荷物を担いだのを見ていたが、声をかけ荷物を受け取ろうとする者はいなかった。

那月は荷物を取り戻すことは諦め、足手まといにならないように険しい山道を必死に登っていく。

——まさか、本当について来てくれるなんて……。

ランフォードが有言実行の男だと知っているが、それでもわずかな護衛を伴ったただけの状態で、村を目指すことになるとは思っていなかった。

茶色い砂糖がある村の話を聞いてから、三日しか経っていない。

ランフォードは仕事を調整して、今日一日だけ空けてくれた。

そのため、同行する護衛の数も五人という少人数だ。

リュカも一緒に来たがっていたが、五歳児が登れるような山ではないため、ランフォードが説得してお留守番してもらっている。

「ランフォード様、山頂が見えてきました。ここから先は、かなりの急斜面になります。お気をつけください」

道案内をしている護衛の声に頷き、ランフォードがこちらを振り向く。

そして無言で那月の腕を掴み、引いてくれた。

荷物を持ってもらっても、日頃運動をしていない那月は他の皆と比べてどうしても遅れを取ってしまう。

山頂手前の急斜面にさしかかり、那月がついて来れないと思って、手を貸してくれたらしい。

「すみません」

「お前が転がり落ちたら、後ろの護衛も巻き添えにしてしまうからな」

「……気をつけます」

言葉には棘があるが、苛立った口ぶりではなかった。

こうして我がままにつき合ってくれてるし、山登りに慣れていない那月を何かと気にかけ、手を貸してくれる。

言っていることとしていることに、乖離を感じずにはいられない。

――口は悪いけど、根は優しい人なのかな。

おそらくそうだと思う。

思うが、傍にいるとどうしても緊張から身構えてしまう。

――今だって、すごく心臓がドキドキしてる。

手を掴まれたことに驚いたのか、急な山道を登っているからだけでない動悸を感じていた。

ランフォードに助けられ、那月はやっとのことで急斜面を登りきる。

「つ、着いた」

膝に手をつき呼吸を整える。

「まだ着いていない。村はもう少し先だ」

「また歩くんですか？」

疲労困憊(ひろうこんぱい)している那月に対し、ランフォードはほとんど息を乱していない。

彼は休憩も取らず、颯爽(さっそう)と歩き出した。

那月もフラフラしながらついて行き、五分ほど木々の中を歩くと急に開(ひら)けた場所に出る。

森の中にぽっかり空いた空き地のような場所に、古びた木造の家屋が十数軒建っていた。

家屋の周りは小さな畑となっており、トマトなどの野菜が植えられている。

ランフォードは護衛の一人に、村の代表を呼んでくるよう指示を出す。

「少し休んでいろ」

「はい、すみません」

代表がやって来るまで、地面に座ってしばしの休息を取る。

ややしてから、護衛が一人の壮年(そうねん)の男性を伴(ともな)って戻ってきた。

「国王様自らのご訪問、いかがなさいましたか？」

ランフォードを前にして、男性は地に膝をつき、戸惑ったように質問してきた。

ランフォードは男性に立つよう伝え、ここに来た目的を説明する。

「以前、この地を訪れた時に、茶色の砂糖を見た。それをもう一度見せてほしい」

「ああ、茶菜粉ですね。まだ収穫時期でないので今年の分は作っていないのですが、去年作った残りがあります。それでよろしければお見せ出来ますが……」

──やっぱり、ここに砂糖があるんだ……！

那月はやる気持ちを抑えきれず、男性に歩み寄る。

「その茶菜粉というのは、どういった砂糖なんですか？　何から作られているんですか？」

男性は那月の勢いに少々気圧された様子を見せながらも、説明してくれた。

「てんさいという植物から作ったものです。私は砂糖を口にしたことはありませんが、茶菜粉の味は甘いです」

──てんさい糖だ！

てんさい糖は、てんさいという根菜を原材料として作られる砂糖の一種だ。

色は茶色く、まろやかな甘みがある。

色や味に多少の違いはあるものの、てんさい糖もお菓子作りに使うことが出来る。

「見せてくださいっ」

思わずランフォードより前に出て言った。

護衛たちは国王を差し置いて発言した那月にギョッとした視線を向けてきたが、ランフォードは機嫌を損ねることなく、男性に案内を頼んだ。

一行は男性に先導され村を通りすぎ、木々の中へ入っていく。

なだらかな斜面を下りたところに、広い畑が作られていた。

全て同じ植物が植えられているようで、土からほうれん草に似た葉が伸びている。

その畑の中心に木造の建物があり、男性はその中へ入っていった。

「ここに並べている瓶の中身は、全て茶菜粉です」

十畳ほどの室内には、てんさい糖を作るための道具が置いてあり、北側の壁一面に設けられた棚に、高さ二十センチほどの透明な瓶がズラリと置いてある。

その瓶のうち五つだけに、茶色い塊が入れられていた。

「去年作った分はもうこれだけしか残っておりませんが、どうぞ」

ランフォードがまず受け取り、そのまま那月へ渡してくる。

「開けてみろ。私が見ても善し悪しがわからない」

「は、はいっ」

蓋を開け、男性に断ってから塊を一つ取り出す。

「砕けば粉状になりそうですね。食べてもいいですか？」

「どうぞ」

「いただきます」

小さな欠けらを口に一つ放り込む。

白砂糖とは違う、優しい甘さが口の中に広がった。

元の世界で口にしたてんさい糖とは違い、手作業で精製しているからか野菜の風味を微かに感じたものの、料理や菓子に使う分には問題ないだろう。

十分にお菓子作りに使える代物だ。

「甘くて美味しいです。これは紛れもなく砂糖です。料理にもお菓子にも使えます」

求め続けていた砂糖にようやく巡り合えたことで、興奮した那月の声は弾んでいた。

ランフォードは那月の言葉を聞き、村の代表である男性に告げる。

「我が国は、砂糖を他国からの輸入に頼っている。そのため非常に高価で希少なものであり、王侯貴族であってもなかなか口に出来ない代物だ。この茶菜粉をこの村の中だけでなく、国中の人々に広めたい。今年の茶菜粉が出来上がったら、買い取らせてもらうことは可能か？」

「それは……」

ランフォードの申し出に、男性は困ったように視線を俯ける。

そして恐る恐る口を開いた。

「申し訳ございません。茶菜粉の元となるてんさいは、この畑でしか栽培していないのです。とても国王様が望むほどの量をお渡しすることは出来ません」

「こんなに葉が茂っているのにか？」

「はい。茶菜粉は葉の下になっている根の部分から採れます。根に含まれる蜜を煮出し、このような塊にするのですが、畑のてんさい全てを使っても、瓶三十から四十個分の茶菜粉にしかなりません」

「それほど原料のてんさいが必要になるのか」

ランフォードは驚いた声を上げた。

元々、てんさい糖はこの村の人々が一年で消費する分しか作られていない。

急に訪れて、てんさい糖を国中の人が手に出来るようにしたい、と言っても、対応出来るはずがなかった。

「あの、じゃあ、来年ならどうですか？　畑を拡大して、たくさんてんさいを育てればその分、茶菜粉も多く作れます」

那月の提案に男性は沈黙した後、首を左右に振った。

「畑の拡大もすぐには出来ません。何しろ、こんな山の上の小さな村ですから、整地するにも、土地も人手も少なくて時間がかかります。加えて、あと二月もすれば雪が降り積もり、作業すること自体出来なくなってしまうんです」

「なら、苗をもらえませんか？　平地で栽培してみます」

「てんさいは、寒い土地で育つことで根に蜜を蓄えるのだと言われています。山の下の地では十分な蜜が蓄えられないでしょう」

「じゃ、じゃあ、えっと……」

那月はどうしても諦めきれなかった。

なんとか安定しててんさい糖が手に入れられる環境を作れないものか、必死に考える。

――他の寒いところに植える？　でも、どこに？　誰が？

自分で栽培出来るものならしたいが、そうなると那月はこの山で暮らすことになり、リュカにお菓子を作れなくなって本末転倒だ。

――もう、どうしたら……。

どんなに考えても、いい案は浮かんでこない。

那月が頭を抱えそうになったその時。

口を閉ざしていたランフォードが、男性に質問した。

「人手があれば、てんさいを育てるための土地を拡大することが可能なのか？」

「はい。邪魔な木を倒すことも出来ますし、土を耕す時間も短縮出来ますから」

「なら、人を集めよう。国庫より賃金を出し、人夫を雇う。人夫にこの辺りを開墾させ、畑を作らせよう」

　突然の大事業の発案に、その場にいた者は皆唖然とした。

　周囲の反応に目もくれず、ランフォードは次々に計画を立てていく。

「人夫には開墾の間、この山で暮らしてもらうことになる。まず始めに簡単な小屋を建て、寝起きする場所を作らせよう。食料も定期的に人夫の元へ運ばせる。もちろん、作業に必要な道具は全てこちらで用意し、村の者に負担はかけないよう配慮する。だから、村の者たちが開墾の指揮を取ってもらえないか？」

「は、はあ……」

　村の代表である男性は、まだ事態を飲み込めていないらしい。

　呆けた返事をするだけで、はっきりとした答えを出せないでいる。

　ランフォードは焦らせることなく、一呼吸置いてからこんな話を始めた。

「かつてこの村を訪れた時、私は驚いたんだ。私の庇護が及ばないような過酷な環境下で、独自の文化を築き今日まで人々が生き抜いてきたことに。これまでこの村のために何もしてこなかったくせに、いきなり何を言い出すのだと思っているだろう？　恥を忍んで頼む。ベルローツ王国の発展のためにも、力を貸してもらえないだろうか」

──ランフォードさん……。

常に人の上に君臨している男が、こんな小さな村の村人に低姿勢で頼み込んでいる。国王が一言命令すれば、国民である男性は黙って従うだろう。

けれど、ランフォードはそれをしなかった。

彼は国王としての威厳に満ちた男だが、それはきっと、若くして王座に就いたため国民を不安にさせないよう、強い王になろうと努力した結果なのだろう。

それも全て、国を想い、民を愛しているからだ。

那月はこれが彼の本来の姿なのだと悟った。

「……国王様、私のような者にお言葉を尽くしていただいて、とても光栄でございます。国王様がお治めになるベルローツ王国の発展のためとあれば、私共は協力を惜しみません」

男性もランフォードの言動が異例のことであると理解し、てんさい栽培のために手を貸すことを約束してくれた。

目まぐるしく話が進んでいったため、那月はやや置いてきぼりになってしまったが、ランフォードに肩を叩かれてハッと我に返った。

「どうしたんだ？　ぼうっとして」

「す、すみません、なんだか話が大きくなっていって、僕の頭じゃあ理解出来なくて」

ランフォードは呆れたように息を吐き、ひっそりと呟く。

「もう少し喜んでくれると思ったんだがな」

「えっと、何年かしたら、国中の人がてんさい糖……茶菜粉を使えるようになるってことですよね？　そうなれば、今まで砂糖がなくて作れなかったお菓子も作れるから、もちろん嬉しいです！」

ランフォードは満足そうに頷き、那月が持っている瓶を指さした。

「これはくれるそうだ。この茶菜粉でリュカに美味い菓子を作ってやってくれ」

「はい！」

――砂糖を使ったお菓子が作れる……！

安定しててんさい糖を手に入れられるようになるまで年単位で時間がかかりそうだが、ずっと求めていた砂糖を分けてもらえて、那月は小躍りしそうなくらい嬉しかった。

「ランフォードさん、早く帰りましょう！　リュカくんに早くお菓子を食べさせてあげたいんです」

自ら先頭を切って歩き出した那月の後ろから、小さな笑い声が聞こえてきた。

振り向くと、ランフォードが口元を押さえ笑いを堪えている。

「先ほどまで歩くのもやっとなくらい疲れ果てていたのに、目当てのものを手に入れたら急に元気になるなんて……。お前の身体はいったいどうなっているんだ？」

そんなの自分でもわからない。

那月が返答に困っていると、ランフォードがこちらへ歩み寄り、小声で言われた。

「たくさんの金貨と砂糖、どちらかくれてやると言ったら、お前は砂糖に飛びつくのだろうな。菓子の材料をもらってこれほど喜ぶのは、きっとお前だけだ」

「う……っ」

――否定出来ない。

言葉を詰まらせた那月を横目で見ながら、ランフォードが横を通り抜ける。

その際、ランフォードが柔らかく目元を緩め、微笑を浮かべるのが見えた。

ランフォードの穏やかな微笑みを間近で見た那月は、なぜだか顔が熱くなってくる。

――男でも顔が綺麗な人が笑うと、ドキドキしちゃうものなんだな。

那月はふいに起きた心臓の高鳴りをそう結論づけ、てんさい糖入りの瓶を大切に抱き、ランフォードの後ろ姿を追いかけた。

「リュカ様ーっ、リュカ様、どちらにおいでですかーっ?」

外からリュカを呼ぶ声が聞こえ、那月はふと作業の手を止める。

換気(かんき)のために開けてある窓の外に視線を向けると、リュカの家庭教師であるキースが困り顔でウロウロしていた。

――リュカくん、またお勉強の時間に抜け出しちゃったのかな?

リュカは毎日のように部屋から脱走しているようで、そのたびにキースが城内を探して回っている。

少し気の毒に思いながらキースを見ていると、彼と目が合ってしまった。

彼は小走りで駆けてきて、必死の形相(ぎょうそう)で尋ねてきた。

「カンラナツキさん、リュカ様をお見掛けしませんでしたか?」

「えっと、今日は見てないです」

「そうですか……」

肩を落とし落胆を露(あら)わにされ、なんだか申し訳ない気持ちになった。

普段、仕事上で接点のないキースに名前と顔を覚えられているのは、部屋を抜け出したリュカがたびたび那月の元を訪れているからだ。必然的に顔を覚えられたようだ。

彼は良家の出らしいが、気取ったところがなく、年齢も同じということで、たまに顔を合わせると立ち話するような仲になっている。

「あの、もしリュカくんが来たらお部屋に連れて行きましょうか？」

「助かります、お願いしますっ。私はもう少し庭を探してきますので」

「あ、ちょっと待ってください」

立ち去ろうとしたキースを、那月が呼び止める。

「これ、よかったらお一つどうぞ」

先ほど焼きあがったクッキーを一枚、キースに差し出す。

「いいんですか？　リュカ様にお出しするものでしょう？」

「はい。厨房の皆にも試食してもらってるんですけど、キースさんの感想も聞きたくて」

料理人たちにも味見はしてもらっているが、生まれた時から美味しい物を食べているであろうキースの意見も聞きたかったのだ。

ところが、彼がクッキーを受け取ろうと手を伸ばした瞬間、近くの茂みがガサガサ揺れ、リュカが飛び出してきた。

「ぼくも～！」

「ひぇっ!?」

キースはびっくりして後ろに飛びずさり、那月の手にあるクッキーはリュカがジャンプして奪い取った。

「ん？　はちみつのクッキーとちがう？」

リュカは躊躇いなくクッキーを一口齧り、不思議そうな顔をする。

先日、分けてもらったてんさい糖を使ってクッキーを焼いてみたのだが、リュカの口に合うかドキドキした。

「茶菜粉っていう砂糖を使ったんだ。どう？　美味しい？」

「うん！」

リュカはニコリと微笑み、喜んで食べてくれる。

「そう言ってもらえてよかった。でも、お行儀が悪いよ？」

「ごめんなさい。おいしそうで、がまんできなかったの」

リュカは那月の作るお菓子を、なんでも美味しいと言って食べてくれる。

お菓子以外の料理では好き嫌いが出て残す時もあるが、出会った当初よりは格段に食べる量が増えていた。

よく食べるようになったおかげで少しふっくらした頬にクッキーを詰め込み、モグモグしている姿が最高に可愛いくて、那月は胸がキュウッとなった。

つられてニコニコしながら見つめていると、リュカの予想外の登場の仕方に驚いて硬直していたキースが、咳払いして話に割り込んできた。

「リュカ様、お毒見もなく食べ物を口にされてはいけませんよ。それに、今はお勉強の時間です。戻りましょう」

「いやっ、もっとクッキーたべるもん」

「リュカ様……」

キースが困り顔で嘆息するのを見て、那月は裏口から外へ出てリュカの説得をすることにした。

「もうすぐティータイムだから、お勉強頑張ってきて。たくさんクッキー焼いておくから」

「ナツキのそばにいたい」

リュカはギュッと那月の足にしがみついて顔を埋め、離れなくなってしまう。

どうしよう、とキースと顔を見合わせていると、突然、目の前に立つキースがハッと表情を引きしめ、その場に膝をついた。

「ここで何をしている？」

間近で声が聞こえ、飛び上がらんばかりに驚いた。

「ラ、ランフォードさんっ」

「何をしているのかと聞いている」

「あ、えっと……」

那月が咄嗟に説明出来ず口ごもると、代わりにキースが答えてくれた。

「リュカ様を見失ってしまい、今見つけたところです。リュカ様から目を離してしまい、申し訳ございません」

キースは深々と頭を垂れる。

短い説明からランフォードは一連の流れを察したようで、那月の足にしがみついているリュカを見て、ため息をこぼした。

「リュカ、また勝手に部屋から出たのか？」

「だって、だって、つまんないんだもん」

「学ぶべきことはたくさんある。こう抜け出していては、勉強も進まないだろう？」

「でも、だって、つまんないっ」

「……リュカ」

今日はランフォードが言い聞かせても駄目な日のようで、リュカは那月にくっついたままだ。

すると、ランフォードがある提案を口にした。

「カンラナツキが一緒なら、大人しく勉強するか？」

「ナツキといっしょ？　うん、する！」

「ならそうしよう。これで問題解決だ。キース、これからはカンラナツキも同席させる」

「かしこまりました」

ランフォードはさっさと決定を下し、リュカは喜び、キースも納得した。

この場で那月だけが話についていけていない。

「え？　え？　どういうことです？」

「ちょうどいいだろう？　お前はこの国のことをほとんど知らない。一緒に学べばいい」

「で、でも、お菓子作りが……」

「メインはリュカの専属料理人として働き、それ以外の時間はリュカの世話係をしろ。料理長にもそのように伝えておく」

「ええっ、そんな急に……」

確かに時間をやりくりすれば両立出来ないこともないが、お世話係と言っても何をすればいいのかわからない。ちゃんと出来るかも自信がなかった。

それを伝えたかったのに、その前にランフォードがこう告げてきた。

「ああ、忘れるところだった。お前に渡したいものがあって来たんだ」

「僕に？」

また何かとんでもないことを言われるのでは、と身構えたが、ランフォードが渡してきたのは予想外の嬉しいものだった。

「茶菜粉だ。少しだが、また村から贈られてきた。それと、山の開拓も進んでいる。来年には多くの茶菜粉が作れる予定だ」

「本当ですか!?」

村を訪れて以来、ランフォードは色々動いてくれているようだったが、一介の料理人にすぎない那月の元へは、今どこまで話が進んでいるのか伝わってきていなかった。

もしかしたら途中で計画が頓挫（とんざ）してしまうことも考えられたため、無事に畑の開墾が進んでいると聞いて安心した。

「ありがとうございます。砂糖がたくさんあれば、もっと色々なお菓子が作れます」

「いや、礼を言うのはこちらの方だ。砂糖が自国で作れるのなら、他国からの輸入に頼らずにすむ。砂糖が手軽に手に入るようになれば、国民も喜ぶだろう」

ランフォードが口元を柔らかく持ち上げる。

――わ、珍しい。

リュカにしか笑いかけないランフォードが、笑みを讃えている。

それほど、砂糖が手に入ることを喜んでいるのだろう。

自分に向かって微笑みかけているのではないとわかっているが、ランフォードの笑顔を間近で見て、胸がドキリと高鳴った。

那月はスッと視線を逸らす。

それが気に入らなかったのか、いきなり顎を取られ強制的に視線を合わせられた。

「なんだその態度は？　私に怯えているのか？」

「ち、違いますっ」

「ならなぜ目を逸らした？」

――い、言えない。

笑顔を向けられて、ドキドキしたからだなんて。

変なやつだと思われたら、城から叩き出されるか、または牢獄に閉じ込められることになりかねない。

兵士に連行される自身の姿を連想しブルリと身震いすると、ランフォードは舌打ちして解放してくれた。

「今後、そのような態度を取ったら許さない」

「は、はい……」

ランフォードは不機嫌を露わにしながら、さっさと立ち去っていった。

摘まみ出されなかったことにホッとしながらも、これから気をつけようと心に留める。

ランフォードはこの国の国王。

絶対権力者だ。

彼に疎まれたら、お菓子作りを続けることが出来なくなる。

そうなったら、リュカともお別れだ。

――それは、嫌だな。

この世界に来て月日が経ち、それなりに生活に慣れてきた。

自分にしか出来ない仕事を与えてもらい、料理人たちとも仲良く仕事出来ている。

自分が作ったお菓子をリュカが美味しそうに食べてくれることに、今は何よりも喜びを感じていた。

それらを全て失うのは辛い。

だから、これからはランフォードに対する態度にこれまで以上に気をつけよう。

――でも、出来るかな？

ランフォードの高圧的な言動には耐性がついてきたが、問題は先ほどのように柔らかい表情をされるとドキドキしてしまうことだ。

いくら綺麗な顔をしているからといって、男性相手にこんな風になったことはこれまでない。

ランフォードにだけドギマギしてしまうことに自分でも戸惑い、変な行動を取ってしまう恐れがある。

原因は不明だが、ここにいるためには慣れるしかない。

「ナツキ、おへやいくよ～」

「あ、うん」

リュカの小さな手をしっかりと握り返し、那月はまだ早鐘を打つ心臓を静めるため、ひっそりと深呼吸した。


「リュカ様、また字が曲がってますよ？」

「う～、むずかしい。ナツキ、てつだって～」

那月の膝の上に座り、キースから字の書き方を習っているリュカが、こちらを振り向き助けを求めてくる。

那月はペンを持つ小さな手に自分の手を重ね、一緒に文字を書いていく。

「こうするんだよ。ほら、上手に書けた。練習すれば、一人でも上手に書けるようになるからね」

頑張ろう、と後ろから抱きしめリュカを励(はげ)ます。

キースもリュカのやる気を出させるために、一文字書くごとに必死で褒(ほ)めたたえる。

「そうです、とても綺麗に書けてますよ。では、次の字を書いてください」

「わかった～」

ちっちゃな手でペンを持ち、真剣な面持ちで文字を綴(つづ)る姿を見守りながら、那月は「不思議だな」と改めて思う。

この世界の文字は日本語とは違う。それどころか、どこの国の文字とも異なっている。

それなのに、那月は教えられずともベルローツ王国の文字を読み書き出来たのだ。

もしかして、異世界に迷い込んでしまった那月を神様が不憫(ふびん)に思って、言葉を理解出来るようにしてくれたのだろうか。理由はさておき、言葉が通じて文字の読み書きが最初から出来たのは助かった。

キースに教えてもらいながらリュカは勉強を進めていき、きちんと今日の課題を終わらせることが出来た。

「おわった～。ナツキ、きょうのおかしは？」

「アップルパイだよ。リンゴを甘く煮て、生地で包んで焼いたお菓子。もう生地は作ってあるから、後は焼くだけ。ちょっと厨房に行ってくるね」

「ぼくもいく！」

キースに許可をもらい、リュカと二人で厨房へ戻った。

「戻りました。今から仕上げにかかります」

「かまどに火点けといたぞ。間に合いそうか？」

「ありがとうございます。焼くだけなので、ティータイムには間に合います」

那月は手を洗い、仕込んでおいたパイを確認する。

リュカが厨房にいるのもすっかり見慣れた光景になったようで、料理人たちも笑顔で挨拶してきて、特別驚いた様子もなかった。

動き回ると危ないのでリュカをイスに座らせ、那月はパイの表面に卵黄を塗り、火の点いたかまどに入れる。

「上手く膨らむといいんだけど……」

パイに挑戦したのは初めてで、サクサクの層になるか心配だ。

しばらくすると徐々に生地が膨らんできて、厨房内に甘い香りが漂い始める。

パイにちょうどいい焼き色がついたところで取り出し、ナイフで二つに切ってみる。

サクッとした手ごたえがあり、シナモンとバター、リンゴの甘酸っぱい香りが鼻腔（びこう）をくすぐった。

「よかった、ちゃんとパイになってる」

パイの層を作るのに大切なのは、生地を折って冷蔵庫で寝かす、という工程を繰り返すことだ。

この世界には冷蔵庫がないから、城の裏手にある食糧貯蔵庫で生地を寝かせてみた。冷暗所だから厨房よりは涼しいが冷蔵庫ほどではなく、きちんとサクサクの層になっているか心配だったのだ。

半分に切った断面も確認し、パイと言っていい状態になっていることを確かめる。

「ナツキ、おかしできた？」

「うん、美味しそうに出来たよ。フィリングのリンゴ煮は茶菜粉の量が少なめだけど、元々のリンゴが甘かったから、物足りなさはないと思う」

リユカが作業台の上を見たがっていたので、抱っこして見せてあげた。

「これがアップルパイ？」

「そうだよ。中にリンゴが入ってるのがわかるかな？」

「うん、みえる。でも、なんかふしぎなにおいがする」

「不思議な匂い？　あ、シナモンかな？」

この匂いが苦手な人もいるが、アップルパイと言えばシナモンだ。

厨房に揃えられているハーブの中には似た匂いのものがなかったので、料理長に相談して仕入れてもらった。

「苦手な匂いかな？」

「ん～、へいき！」

匂いが大丈夫なら、リュカも食べられる。

「お皿に盛りつけるから、ちょっと待っててね」

「はーい」

リュカを下ろし、皿に六等分したパイを載せる。

これだけだと味気ないので、ミントの葉とブルーベリーも添えた。

「出来た」

「たべる！　あーん」

リュカはもう待ちきれないようで、那月のエプロンを両手で掴んで大きな口を開ける。

エサを待つ雛鳥のような可愛さに頬が緩むが、今あげるわけにはいかない。

「キースさんにも言われたでしょ？　お席についてから」

「むう～。じゃあ、はやくいこー」

頬を膨らまして不満顔をしながら、服を引っ張って急かしてくる。

一つ一つの仕草が可愛いなと思いながら、ワゴンに皿を乗せていく。

ワゴンを押す使用人たちの後ろについて廊下へ出ると、キースが素早く近づいてきた。

「リュカ様、お迎えに来ました」

「え～、ナツキといっしょにいく」

「さすがにそれは……。ランフォード様もお待ちになってますよ」

ランフォードが待っていると聞いて、リュカはキースと共に先にティータイムの会場へ向かった。

その後を追いかけるようにしてついて行き部屋へ入ると、大きなテーブルにランフォードが座り、その横にきちんとリュカが腰掛けている。

「にいさま、きょうのおかしはね、アップルパイだって！　リンゴのおかし！」

「そうか」

ランフォードははしゃぐリュカの頭を軽く撫でる。

二人の前に使用人が飲み物を置き、リュカにはアップルパイを、ランフォードにはサンドイッチを並べていく。

毒見が終わると、リュカはすぐさまアップルパイにフォークを刺した。

「わあ、サクサクだぁ」

リュカはニコニコしながら一口食べ、幸せそうな顔で口をモグモグさせる。

味も口に合ったようでよかった、と那月は内心で呟き、使用人たちと共に部屋を出た。

リュカがアップルパイを堪能している間に、那月は昼食のデザートの仕込みをしなくてはならない。

厨房に戻ると、さっそく作業に取り掛かる。

――リュカくんのお勉強の時間は、付き添わないといけないから……。

あまり手の込んだお菓子が作れなくて申し訳ないが、リュカのお世話も大切な仕事だ。

どちらも手を抜くわけにいかない。

那月は大急ぎで手を動かし、仕込みを終わらせてリュカの部屋へ小走りで向かう。

「ちょっと時間がかかっちゃった。リュカくん、もう部屋に戻ってるかな」

早く行かないと、また部屋を抜け出してしまうかもしれない。

那月が焦って廊下を進んでいると、ランフォードが数人の家臣と護衛を引き連れこちらへ歩いてくるのが見えた。

走っているのを見られたら叱られそうで、那月は足を止めて端に避ける。

ランフォードも那月に気づいたようで、視線が向けられるのを感じた。

——なんか、すごい見られてるような……?

走っていたのを見られていたのだろうか。

那月は叱責を覚悟しながらも、緊張から身体を強張らせる。

ランフォードはそんな那月の前で、ピタリと足を止めた。

「何をしている?」

「これからリュカくんのお部屋に行くところです」

すると、ランフォードではなく一緒にいた家臣が怪訝な表情をし、低い声音で問いただしてきた。

「……今、なんと?」

「え? あの、リュカくんのお部屋に、行くんですけど……」

何かおかしなことを言っただろうか。

那月が剣呑(けんのん)な空気にのまれ、しどろもどろで答えると、家臣は目を吊り上げた。

「リュカ様になんと失礼なことを! 不敬(ふけい)だ!」

「……あっ」

――しまった、うっかり……。

一ヵ月前に街へ出た際、ランフォードに指摘されて敬称を変更した。

あの時だけという話だったのだが、リュカが城へ戻ってからも「リュカくんがいい！」と言ってきたので、なるべく『リュカくん』と呼び、公の場では『リュカ様』と言うようにしている。

けれど、『くん』で呼ぶ機会の方が多く、ついいつも通り呼んでしまっていたのだ。

「す、すみませんっ」

慌てて謝ったが、家臣は怒り心頭のようで空気は重いままだった。

自分のミスを反省していると、緊迫した空気を切り裂くようにランフォードの凛とした声が響き渡る。

「彼はリュカにとって特別な存在のようだ。リュカがいいと言っているのだから、お前たちが口を出すことではない」

国王の言葉に家臣たちも納得したようで、それ以上何も言ってこなかった。

「先に行っていてくれ。私は彼に用がある」

「かしこまりました」

家臣たちは一礼し、静かにその場を後にする。

彼らが遠ざかるのを確認し、那月はペコリと頭を下げた。

「あの、ありがとうございました」

「別に礼を言われるようなことはしていない。事実を告げただけだ」

そうかもしれないが、その一言で自分は助けられた。

「はい。でも、助かったので。あの、やっぱりきちんと『様』をつけた方がいいですよね。これから気をつけます」

「リュカが今の呼び方がいいと言っているのだから、そのままでいい。それより、お前のところへ行くところだったんだ。これを渡しに」

ランフォードはそう言うと、携えていた木箱を差し出してきた。

それは、両手で持てる程度の長方形の木箱。

反射的に受け取ると、思ったよりも軽かった。

「これはなんですか？」

「開けてみろ」

ランフォードから何か貰う約束もしていないし、形状と重さからして、砂糖でもないと思う。

不思議に思いつつ蓋を開けてみると、深紅のクッションの上に銀色に輝くホイッパーが入っていた。

「これっ」

――この世界にもホイッパーがあったの!?

思わず手に取り形状を確かめてみる。

素材は鉄だろうか。

元の世界の一般的なホイッパーよりも少し重い。

けれど形はホイッパーそのもので、十分お菓子作りに活用出来るものだった。

「ホイッパー、あったんですね」

「いいや、職人に作らせたんだ。欲しかったんだろう？」

――作らせた？

どういうこと？

疑問で頭をいっぱいにしていると、ランフォードが種明(たねあ)かしをしてくれた。

「覚えていないか？　料理長から聞かれただろう？　菓子作りに必要な道具で欲しい物はないのかと」

「あっ、聞かれました。確か十日くらい前に」

あれはリュカのお世話係をし始めて数日経った時のことだ。

料理長に呼び止められ、お菓子作りに必要な道具で欠かせないものはあるのかと質問された。

色々あるけど、一番使用頻度が高いホイッパーの話をしたら、料理長はとても興味を持ってくれたようで、わざわざ紙とペンを持って来てどんなものか描いてみてくれと言われた。さらに、どういった時に使う道具なのかとか、素材はどんなものかとか、大きさはとか、とにかくしつこいくらい質問された記憶がある。

あの時は、料理人だから器具に興味があるのかと思っただけだったが、あれはランフォードが料理長に指示して聞き出そうとしていたのか。

「キースから報告を受けている。お前がリュカに付き添うようになってから、勉強がとても捗っていると。リュカの脱走もなくなったそうだな。カンラナツキ、お前は予想以上の働きをしている。これはその褒美だ」

「褒美、ですか？」

元々お菓子作りは好きだし、自分の作ったお菓子を美味しいと食べてくれるリュカを見るのも楽しみになっている。

お世話係というのも、リュカを抱っこしてこの国のことを一緒に勉強させてもらってい

るだけで、特に何かしているわけでもない。

たったこれだけのことで、わざわざホイッパーを一から作ってもらうだなんて、なんだか恐縮してしまう。

「そんな大したことしてないんです。こんなものをいただくのは……」

「王弟であるリュカの菓子作りと世話が、大したことがない仕事だと言っているのか？」

ジロリと睨まれ、口から悲鳴がこぼれそうになった。

「ち、ちが、違います、そういう意味じゃないですっ。あの、僕の働きが、こんなすごいご褒美をいただけるほどのものじゃないっていうか」

「受け取れないと言うのか？　私からの褒美が？」

「いえ、喜んでいただきますっ」

もう何をどう言ってもランフォードの不興（ふきょう）を買ってしまいそうで、那月は素直にいただくことにした。

でも、ホイッパーが手に入ったのは、本当に嬉しい。

これでまた作れるお菓子が増える。

――そうだ、てんさい糖がまだあるし、卵白と一緒にホイッパーで混ぜたらメレンゲが作れるかも。

そうしたらシフォンケーキやスフレ、ケーキの土台になるスポンジも作れる。

頭の中にブワッと洋菓子のレシピが浮かび、心がウキウキ弾んだ。

那月は嬉しくて無意識に笑みを浮かべていたようだ。

ランフォードがこんなことを言ってきた。

「喜んでくれたようだな」

「はい、嬉しいです。ありがとうございました」

今度は素直にお礼を伝えられた。

「ああ、そうだ、一つ聞きたいことがある」

「はい、なんでしょう？」

「先ほどリュカに出していたアップルパイから、嗅いだことのない匂いがした。あれはなんだ？」

「えっと、ハーブと同じようなもので、香りつけとしてよくお菓子に使われるんです。害のあるものじゃありません」

そこではたと気づき、おずおずと質問する。

「もしかして、お嫌いな香りでしたか？　リュカくんは大丈夫って言っていたので、お出ししたんですけど。もしランフォードさんが苦手な香りでしたら、これからは使わないように……」

　そこまで話した時、いきなりランフォードがズイッと距離を詰めてきた。

「別に苦手な匂いではない。どちらかというと、好きな香りだ。お前からも香ってる」

　言いながら、那月の肩口に顔を近づけてくる。

　コックコートに染みついた匂いを嗅いでいるのだろうが、いきなりの急接近に狼狽(うろた)えた。

「ラ、ランフォードさんっ？」

　声がみっともないくらい裏返っていた。

　別にどこか触られているわけではない。

　でも、顔を近づけて匂いを嗅がれたら誰だって恥ずかしいだろう。

　とにかく離れてほしくて、彼の肩の辺りをつい押し返していた。

　細身に見えるのに、触れた身体は意外にしっかりとした質感があり、それにもまた妙に動揺(どうよう)してしまう。

「ああのっ」

「どうだった？」

「はい？　どうって、その、意外と筋肉質なんだなって」

　なんでそんなことを聞いてきたのだろう、と思いながらも、気が動転して素直に思ったことを口にしていた。

　すると彼は、「何を言っているんだ？」と訝しそうな顔をする。

「私は、それの感想を聞いている」

　ランフォードは目線で、那月が抱えているホイッパーを示している。

　自分が勘違いしていたことを悟り、顔を真っ赤にしていると、重ねて質問された。

「欲していた物を贈られてどう思ったのか、感想を言え」

「え、ええっと、う、嬉しいです。大切に使います。ありがとうございました」

　改めてお礼を伝えたのだが、ランフォードはムッとしたように眉根を寄せた。

「それだけか？」

「え？　えっと……」

　もっとめちゃくちゃ喜んで見せないといけなかったのだろうか？

　ランフォードの求める答えが分からずウロウロと視線を彷徨わせていると、いきなり顎を取られて上を向かされた。

「私から目を逸らすなと言ったはずだ」

　先ほどよりも明らかに機嫌が悪くなっている顔を見て、距離の近さからではなく萎縮して動悸がしてきた。

「お前は……、っ」

ランフォードは苛立った口調でそこまで言い、口を閉ざす。

どんな叱責が飛んでくるのかと身構えていたのに、彼は深いため息を吐き、那月から手を引いた。

「お前はどうしたら、私を怖がらなくなるんだ？」

忌々しそうに吐き捨てた声に、また身体がビクリと反応してしまった。

誰の目をも奪うほどの容姿を持ち、なおかつ国王という地位にあるランフォードに声をかけられ、贈り物を渡されたら、誰しもが光栄だと喜ぶだろう。

けれど、那月は失敗を許されない身。

彼の機嫌一つで、牢獄行きになる可能性がある。

そのような関係なのだから、言葉一つにも気を遣う。

――怖いだけの人じゃないって、わかってるんだけど……。

リユカの世話係になったことで、以前よりランフォードと顔を合わせる機会が増えた。

リユカが勉強しているか彼も気にかけているらしく、毎日様子を見に来るのだ。

そうなると必然的に彼と顔を合わせる頻度が上がり、那月も一言二言声をかけられる。

那月は緊張して短い返答しか出来ないが、特に咎められることもなく、リユカがいるからかランフォードも穏やかな雰囲気を纏っていることが多かった。

彼は理由なく怒鳴りつけてくるような人ではない。

だから、自分が変なことをしなければ、彼が怒ることはないと知っている。

けれど、なぜかランフォードの姿を見ると、気持ちがソワソワしてしまい、きちんとした対応が出来なくなってしまうのだ。

ランフォードはそんなことを気にも留めていないと思ったのに、避けるような態度を取られること事態が気に入らなかったのかもしれない。

「……ちょっと、緊張しちゃうんです」

勇気を出して伝えると、ランフォードは意外だと言いたそうな顔をした。

「緊張？　どうしてだ？　いつも私から目を逸らすのは、恐れているからではないのか？」

「えっと、ランフォードさんが怖いというより……、お城へ来た日に言ってたじゃないですか。もし僕がリュカくんやランフォードさんに危険を及ぼそうとした場合は、僕を牢獄に入れるって。だから、失礼なことをして、牢獄に入れられるのが怖くて」

ランフォードはそこでハッと息を飲み、低い声で呟いた。

「そういえば、そのようなことを言った気がするが……。あれは、使用人頭を納得させるための言葉だ。本気で牢獄に入れようなどと思っていたわけではない」

「そうなんですか?」

てっきり本気なのかと思っていた。

だって、彼は国王で、そうすることが出来る人だから。

だが、思い返してみれば、高圧的な態度を取られはしたが、本当に困るようなことはされていない。

それに、城で暮らし始めて数ヵ月が経つが、ランフォードの悪い噂は一度も聞いたことがなかった。

——僕の思い込みだったんだ。

那月はホッと胸を撫で下ろした。

「なるほど、そういうことだったのか。だが、これで私が冷酷な男ではないとわかっただろう?」

「はい。すみませんでした」

那月がペコリと頭を下げると、ランフォードの顔からも険しさが消えた。

滅多なことがない限り牢獄行きにならないと知り、これからはランフォードに出くわしても緊張しなくてすむ。

肩の荷が下りたように、気持ちが軽くなった気がする。

「じゃあ、僕はこれで失礼します。リュカくんがお部屋で待ってると思うので」

那月がそう言って踵を返そうとすると、手首を掴んで引き留められた。

「ランフォードさん？　どうしましたか？」

「この国で私のことを『さん』をつけて呼ぶのは、お前だけだ」

リュカのことを『くん』で呼んでいたから、そこからの流れで未だにランフォードのことも『さん』づけで呼んでしまっていた。

これまでもうっかり呼んでいただろうに、今まで指摘されなかったのでその呼び方が定着してしまっていたのだ。

リュカは『くん』がいいと言っていたけれど、ランフォードには何も言われていない。

今更ながら自分がどれほど恐れ多いことをしていたのか気づき、青ざめる。

「す、すみませんっ。これからは、ちゃんとランフォード様とお呼びします」

那月が慌てて謝ると、ランフォードは「違う」と首を左右に振った。

「お前だから、許しているんだ。それを忘れるな」

――僕だから？

どういう意味だろう？

聞き返したいのに、言うだけ言ってランフォードは背を向けて歩き去ってしまった。

ランフォードの言葉の意図はわからなかったが、たぶん嫌っているわけじゃないと言いたかったのだろう。

「……早く、リュカくんのところへ行かなくちゃ」

那月は再び廊下を駆けて行きながら、胸の奥が熱くなるような不思議な感覚を覚えた。

開けていた窓から突風が吹きこみ、ボウルの中に入れた真っ白な粉が舞い上がる。

「わぷっ」

思い切り小麦粉を浴びてしまい、那月は咳き込みながら慌てて窓を閉めた。

「おい、カンラナツキ、こっちまで粉が飛んできたぞ」

ちゃんと掃除しとけ、と料理長から注意されてしまった。

「すみませんっ。すぐ片づけます」

掃除道具は厨房の向かいの部屋にしまわれている。

那月は急いで廊下に出た。

「失敗しちゃったな。最近、風が強くなってきたから、作業中に窓を開けるのはやめよう」

ベルローツ王国に来て、早くも四ヵ月が過ぎた。

肌寒いと感じる日も増えてきて、どうやら冬が近づいているらしい。

この国は山に囲まれており、他の国よりも雪の多い地域だと聞いた。

これから冬に入ると毎日のように雪が降り、一面白銀の世界になるそうだ。

「雪は綺麗だけど、不便なことも多いからなぁ」

元の世界とは違い、この国では人力で雪かきをするしかないため、積雪の状況によっては物資を運ぶのも一苦労だという。

建物が埋まるほどの雪は降らないそうだが、それでも馬車が走るためには雪かきが欠かせない。

「食材が腐りにくくなるのは助かるけど」

冬の間の備蓄として、これから貯蔵庫に次々と食材が運び込まれる。

那月も料理長から、お菓子の材料を三ヵ月分発注しておくようにと言われた。

実際には三ヵ月も身動きが取れなくなるほど雪が積もることはないそうだが、材料不足でリュカにお菓子を作ってあげられない事態を避けるため、多めに確保しておく必要があるらしい。

今までもことあるごとに、ここが異世界なのだと痛感することはあったが、今回の冬ごもりの準備も、以前の暮らしでは考えられない作業だと感じた。

「ええっと、モップと、バケツと……」

那月が倉庫で掃除道具を探している時、廊下から人の話し声が聞こえてきた。

「お待ちくださいっ。どうか、もう一度儀式を執り行ってください」

「くどい。私にその気はないと何度も言っているはずだ」

——ランフォードさんの声だ。

うんざりしているような声音に、自分が言われているわけでもないのに反射的に身構えてしまう。

相手は家臣だろうか。年上の男性らしき声の主は、何度もランフォードに懇願していた。

「あなた様は国王です。ご年齢から考えても、儀式を執り行うべきでしょう」

「もう執り行っただろう？　二度儀式をした国王などいない」

「一度目の儀式は最後まで行えませんでした。リュカ様が城の外へ出たという報告が来て、ランフォード様が儀式の途中でお席を立たれたので。成立しなかったのですから、改めて行う必要があります」

——儀式？

なんの話か全くわからなかったが、ランフォードはなんらかの儀式を拒んでいるようだ。

代々伝わる祭事とか何かだろうか。

ランフォードはなんと言われようと頑なに儀式を拒否しているが、家臣の方も引き下がらない。

何度か押し問答を重ね、ランフォードがため息交じりにこう告げた。

「そもそも、花嫁召喚の儀式は形式的なものだろう？　儀式を行い、国王の理想とする花嫁を召喚するということにはなっているが、実際はお前たちが選出した花嫁候補の中からあらかじめ気に入った者を選び、神官が召喚したと見せかけているだけじゃないか。意味がない」

「非礼を承知で進言いたします。国王ともあろうお方が、そのようなことをおっしゃられてはいけません。国王は神に選ばれ愛されたお人なのだということが、国民に安心感を与えているのです。もし前回の儀式の時に選んだ令嬢からお心が離れたのでしたら、再度婚約者を選び直しましょう。ですので、もう一度、儀式を……」

――花嫁召喚の儀式!?

そんな儀式がこの国には存在していたのか。

ランフォードが言うには形式的なものみたいだが、国王の伴侶を決める大切な儀式だ。

――ランフォードさん、一度はその儀式をしたのか。

驚いた後に、ふとそんな思考が頭をよぎった。

王妃となる人なら、家柄も人柄も容姿も申し分ない女性が候補者として挙がっていたはずの。その中からランフォードは一人選び、結婚しようとしていた。

「痛っ」

突然、胸に針を突きさされたかのような鋭い痛みが走った。

胸を押さえ浅い呼吸を繰り返しても、その痛みは治まるどころか強くなっていく。

――なんで、いきなり胸が痛くなったんだろ？

原因を考えていき、前にも似たようなことが起ったことを思い出した。

胸が苦しくなった時、決まってランフォードが傍にいた。

彼の言動にビクビクすることもあったが、優しくされた時は自分でもおかしいと思うほど、胸が高鳴った。

そして今は、ランフォードが結婚しようとしていたと聞いて、どうしようもないくらい胸が痛い。

――こんなの、僕がランフォードさんに恋してるみたいじゃないか。

心中で呟き、ようやくこれまで感じていた違和感の正体に気づいてしまった。

「僕は、ランフォードさんのことを……」

自分の気持ちに気づき、ただただ驚いた。

確かに、初めて見た時から格好いい人だとは思っていた。

だから見つめられたり身体に触られると、ドキドキするのだと思っていた。

けれど、さりげない優しさを向けられた時に、心が浮足立つような温かな感情がわいてきたのは、彼に惹かれたからだったのか。

那月は自分の感情の変化に戸惑い、いったいいつから彼にこんな気持ちを抱いたのだろうと思い返す。

ある日、突然、知らない世界にいきなり飛ばされて心細くて仕方なかった時に、ランフォードは傲慢な態度で自分の元で働くよう命じてきた。

けれど、冷たい言葉を口にしながらも気遣ってくれ、那月を振り回しているように見えても実はこちらの気持ちを汲み取ってくれた。

だから少しずつ、本当は優しい人なのだと思うようになっていったのだ。

そうした出来事を積み重ねていくうちに、いつしか彼のことを意識するようになり、心を惹かれていって……。

「っ……」

ランフォードへの想いを自覚した途端に、これまで心の奥底で眠っていた気持ちが、胸いっぱいになるほど溢れてきた。

心拍数が上がり、唇からこぼれる吐息も熱く感じる。

この気持ちがとても温かくて大切なものだということを、本能的に知っている。

人を好きになるのは、決して悪いことではない。

——でも、ランフォードさんは駄目だ。

彼はベルローツ王国の国王。自分は料理人。

本当なら、直接言葉を交わせるような身分ではない。

——もし、この気持ちを知られたら、僕はここにいられなくなるかもしれない。

身分差もさることながら同性という障壁もある。男から特別な好意を向けられていると知ったら、ランフォードもいい気はしないだろう。

自分に不埒な想いを抱く男を、大切な弟の傍に置きたくないと思っても仕方ない。

そうなった時、自分は城から追い出される。

二度と、ランフォードとリュカに、会えなくなるだろう。

——だって、ランフォードさんは結婚しようとしてたんだから。

身分も低く、さらに男の自分を、あんなに素敵な人が相手にするわけがない。

那月が深い悲しみから、締めつけられるように痛む胸に手を当て俯いた時。

ドアの向こうから、ランフォードの強い意志を滲ませた声音が聞こえてきたのだ。

「なんと言われようと、花嫁召喚の儀式はしない。私の花嫁は、もう決まっている」

一瞬、心臓が止まったかのような錯覚に陥った。

——ランフォードさんには、好きな人がいるってこと……？

家臣からどれほど懇願されようと、儀式を執り行うことを拒否した理由は、こういうことだったのか。

その人は、一度目の儀式の時に選んだ人なのだろうか。

それとも、その後に出会って好きになった人？

知っても那月にはどうしようも出来ないことだというのに、気になって仕方ない。

「ランフォード様、そのようなお相手がいらっしゃるのでしたら、そのお方を儀式で召喚すればよろしいではないですか」

「色々と事情がある。まだその時ではない」

「どういうことでしょう？　もしや、身分が？　どうしてもとおっしゃられるのでしたら、国王に嫁ぐに相応しい家に養子に出し、それから婚約という形も取れます」

家臣はここぞとばかりに婚約話を進めようとしたようだが、ランフォードはうんざりした様子で切り上げようとする。

「もうこの話は終わりだ。私は忙しい」

「お待ちください。そうは申しましても……。ところで、このような場所へなんの御用があるのですか？」

「リュカの調理人に用事があるんだ」

那月はその言葉にハッと我に返った。

——僕のことだ。

咄嗟に倉庫から出ようとしたものの、今このタイミングで出たら、話を聞いていたことを知られてしまう。

盗み聞きしたのかと叱責（しっせき）されそうで、出て行けなくなった。

幸い、ランフォードは那月がすぐ近くのドアの向こう側にいることに全く気づいていないようで、厨房のドアが開閉する音が聞こえてきた。

それを確認し、素早く倉庫から出て厨房へ向かう。

「あの……」

出入口に立ち室内を見回すランフォードに背後から呼びかけると、彼は怪訝な顔で振り向いた。

「どこに行っていたんだ？　リュカのところか？」

「い、いいえ、小麦粉が散らばったので、掃除道具を取りに行ってました。あの、僕に何か用でしょうか？」

「ああ。二週間後に城でパーティーが開かれることは聞いているか？」

そのパーティーとは、ベルローツ王国に雪が降る間、国交が断たれる国々の要人を招待して毎年開かれているものだと聞いている。

パーティーには国内の貴族たちはもちろん、諸外国の王族も参加するため、提供される料理もいつも以上に力を入れる必要があり、厨房でもメニュー会議が開かれていた。

「はい。聞いてます」

那月が頷くと、ランフォードはこう言った。

「パーティーでお前の作る菓子も提供することにした。必要な材料はいくらでも用意する。客人が満足する菓子を作るように」

「僕が作るんですか!?」

「当たり前だろう、お前以外に作れる者がいるのか？」

「いないですけど……」

予想外の重要な任務に、自分のような駆け出しのパティシエが作るお菓子でいいのかと恐縮した。

――外国から来るとても偉いお客さんに、いったいどんなものを出せばいいの？

下手したら主催のランフォードの評判に傷をつけることになりかねない。

絶対失敗が許されない役割に、やや腰が引けてしまった。

しかし、ランフォードは那月の作るお菓子で不安はないのか、そんなことおかまいなしに改めて命令を下してきた。

「カンラナツキ、パーティーで最高の出来栄えの菓子を作ることを命じる」

「は、はい。かしこまりました」

条件反射で頷いたものの、不安は拭えない。

――まさか、こんな重要な役目をいただくなんて……。

重圧を感じ顔を強張らせていると、ランフォードが一歩距離を詰めてきて囁かれた。

「お前は私の弟・リュカの専属料理人だ。私が自ら雇ったのだから、自信を持っていい」

「は……、はい」

ランフォードは小さく微笑み、那月の横を通り抜けて厨房を後にした。

――び、びっくりした。

パーティー用のお菓子を作るよう言われたこともだが、あんな言葉をかけてもらえるとは思っていなかった。

これまで、ランフォードは一度も那月の作ったお菓子を食べてくれていない。夕食の時にはランフォードにもリュカと同じお菓子を出しているが、決まってリュカがもっと食べたいと言い、彼は自分の分をあげているのだ。

だから、那月のお菓子が美味しいかどうかを自分で確認したわけではないのに、ずいぶん高い評価をしてくれているようだ。

それは、きっとリュカがいつもニコニコしながら食べているからだろう。

——いつか、ランフォードさんにも食べてもらいたいな。

パーティーですごく美味しそうなお菓子を出したら、一口くらい食べてくれるだろうか。

そう考えたら、何を出そうか次々にレシピが浮かんできた。

——今は、お菓子作りのことだけ考えよう。

先ほど聞いた会話や、自分のこの気持ちには蓋をして、与えられた仕事をこなそう。

この恋が実らなくても、彼のために役に立ちたい。

そうすれば、さっきみたいに褒めてもらえる。

今はそれだけで十分だと思った。

「ナツキ、ナツキ！　ナーツーキ！」

「……え、何？　呼んだ？」

「ずーっとよんでるよ」

膝の上に座るリュカが振り向き、頬を膨らませる。

「もう、どうしたの？　さいきん、ぼーっとしてること、おおいよ？」

「あはは、ごめん。パーティーで出すお菓子のこと考えてて」

パーティーまであと五日と日にちが迫っている。

那月は毎日朝から晩まで、何を作ろうか頭を悩ませていた。

「ナツキ、なにつくるの？」

お菓子のことだと聞いたリュカは、期待した目を向けてくる。

「実はまだ全部は決まってないんだ。立食形式って聞いたから、クッキーなら摘まめるかなと思ってるんだけど、それだけだと味気ないから他にも作りたいんだよね」

各国の要人が集まるパーティーに、クッキーだけというわけにはいかない。

もっと手の込んだお菓子も必要だろう。

那月がそう口にすると、リュカも一緒になって考え始めた。

「うーん、ナツキのおかしは、ぜんぶおいしいから。ぜんぶだせばいいんじゃない？」

「さすがにそれは時間が足りないかな。僕一人で作るから」

「じゃあ、アップルパイは？　にいさまも、いいにおいだっていってたよ」

その言葉に、那月はいつぞやの出来事を思い出してしまった。

アップルパイを初めて作った日に廊下で呼び止められ、ホイッパーを渡されて、その後に匂いを嗅がれた。

あの時もドギマギしたが、ランフォードへの想いを自覚した今は、別の意味で顔が赤くなってしまう。

それをリュカに悟られないように、那月は咳払いして話題を変える。

「ほら、リュカくんは自分のお仕事しようね。お勉強の手が止まってるよ？」

「だって、ナツキがてつだってくれないんだもん」

「ごめんごめん。えっと、どこがわからないの？　……あ、これは僕じゃわからないや。キースさんに教えてもらおう」

そう言って向かいに座るキースに視線を送る。

ところが、彼の口から出てきたのは、リュカの勉強とは関係のない話だった。

「今度のパーティーは、婚約発表の場になるという噂もあります。ですので、お祝いに相応しい豪華なお菓子があるといいと思います」

リュカとの会話をキースも聞いていたようで、こんな助言をしてきてくれた。

アドバイスをありがたく受け取りつつ、ふと首を傾げる。

「婚約発表って、誰のですか？」

ベルローツ王国の貴族の誰かだろうか。それとも、来賓の他国の王族の方か？

那月が尋ねると、キースは「知らないんですか？」と驚いた顔をした。

「ランフォード様ですよ。噂ですが、ランフォード様には心に決めたお相手がいらっしゃるとか……。何か事情があって花嫁召喚の儀式は行えないそうですが、結婚相手はお決めになっているという話です。そのお相手を、今回のパーティーで諸外国の方々にもお披露目すると、城の中ではそういった噂が広がってますよ？」

一気に血の気が引いていく感覚に襲われた。

――ランフォードさんが、婚約……？

先日、漏れ聞こえた会話が脳裏に蘇る。

あの時、花嫁召喚の儀式を促す家臣に対し、彼は「花嫁は決まっている」と言っていた。

だから、そう遠くない未来に、彼が妻を娶ることも覚悟していた。

それでもいいから、彼とリュカのためにお菓子を作り続けようと思っていた。

でも、実際にその時がやって来た今、那月は激しく動揺してしまう。

「……ランフォードさんが、婚約されるんですか？」

「ええ、噂ですが、そう聞いてます。ご存知なかったんですか？」

「はい、全く……」

城の中を動き回って働く他の使用人たちと異なり、料理人は一日中厨房にこもっている。

さらに今は、年に一度の盛大なパーティーの準備で厨房は大忙しだ。

そのため、噂話が届きにくかったのだろう。

――知りたくなかった。

ランフォードの婚約も、その先の結婚も、出来ることなら耳に入れたくない。

那月が悲しみに押しつぶされそうになっていると、何も知らないリュカに身体を揺さぶられた。

「ねえ、ナツキ。こんやくってなあに？」

その意味を口に出すことも躊躇ってしまう。

するとキースが代わりに説明してくれた。

「想いを寄せ合った者同士が、家族になるという約束を交わすことです」

「おもいをよせる？」

「お互いを特別に好きになる、という意味です」

「ふうん。にいさま、こんやくするの？」

「いえ、確定では……。そうかもしれない、という話を聞いただけです」

兄弟とはいえ、まだ幼いリュカは兄の婚約については何も聞いていないようだった。

そこでリュカは再び那月を見上げ、こう言ってきた。

「じゃあ、ナツキとこんやくするんだね！」

「えぇっ？」

もうどこから訂正したらいいかわからず、ただ驚きの声を上げてしまった。

それがリュカには不思議だったようで、小首を傾げて言ってきた。

「どうして、おどろくの？　こんやくって、すきになったらするんでしょ？」

「ええっと、うーん、なんて説明すれば……」

困り顔でキースに視線を送ると、彼は口元を覆い、必死で笑いを堪えていた。

那月は仕方なく、理由を聞いてみることにした。

「どうしてそう思ったの？」

「にいさま、ナツキのことばっかりはなすから」

「え、そうなの？」

「うんっ。おべんきょうのとき、ナツキのようすはどうだった？　とか、そういうのきいてくる。すきだから、きになるんでしょ？」

なるほど、そこから好きという話になったのか。

――それは、僕がちゃんと仕事してるか確認してるんだろうな。

一応、お世話係という仕事も担っているから、リュカのお勉強中、しっかり職務を全うしているか確かめているのだろう。

「ランフォードさんは、僕じゃなくてリュカくんのことが気になってるんだよ。だから、特別僕のことを好きってわけじゃないよ」

彼は自分のことを、料理人以上には考えていない。よくてリュカのお気に入りの使用人、という程度の認識だろう。

リュカの傍にいるから目をかけてもらっているとは思うが、それ以上の感情なんて抱いていない。

そんなことわかりきっていたことなのに、はっきり自らの口で「好きじゃない」と言葉に出したことで、また胸が苦しくなった。

気を抜いたら泣いてしまいそうで、那月は無理やり明るい声を出した。

「そうだ、パーティーでケーキを焼こうかな。まだ茶菜粉も残ってるし、クリームとフルーツたっぷりの大きなケーキを作るよ」

「ケーキ!? それ、どういうおかし?」

リュカは初めて聞くケーキに興味深々といった顔になる。

話題が逸れたことにホッとしながら、ケーキがどういう食べ物か、絵を描きながら説明していく。

「一段のケーキが一般的だけど、お祝い事の時は二段にしたり三段にしたりして、サイズを大きくするんだよ。どんなのがいいかなぁ」

「おっきいのがいい! ぼく、たくさんたべたい!」

「かまどに入る大きさが限界だけどね。そうだ、いくつかスポンジを焼いて、それをくっつけて大きなケーキにするとか……」

アイデアがどんどん湧いてきて、リュカのお勉強そっちのけでケーキのことばかり話してしまった。

その時、ノックの音が響き、返事をする前にドアが開いた。

「あ、にいさま!」

ランフォードの姿を見るなりリュカは那月の膝から飛び降り、兄の元へ駆けて行く。

「勉強中だろう?」

「いまは、ケーキのおはなしだからいいの」

「ケーキ？」

ランフォードの緑色の瞳が那月に向けられる。

一瞬目が合っただけで心臓が大きく脈打ち、それを悟られないよう早口で伝えた。

「パーティーで出すお菓子の相談をしてたんです。この前、ホイッパーをいただいたので、それを使ってケーキを焼いてみようと思ってます」

「ああ、あれのことか。使い勝手はどうだ？」

足にまとわりつくリュカを抱き上げ、ランフォードがこちらへ歩み寄って来る。

それだけでまた、鼓動が早くなる。

「とても重宝(ちょうほう)してます。ありがとうございました」

ペコリと頭を下げてお礼を口にすると、彼は満足そうに頷いてからじっと見つめてきた。

――なんだろ？

無言で見つめられて、いたたまれなくなって立ち上がる。

「あの、えっと、午後のティータイムの準備をしてきますっ」

まだ準備するには早い時間なのに、那月は退室の挨拶をして急いで厨房へ戻った。

「お、今日はずいぶん早く終わったんだな」

ドアを開けるなり料理長から指摘を受け、別に悪いことをしたわけでもないのにギクリとしてしまう。

適当に誤魔化して作業台の前に立つと、雑念を振り払うように手を動かし、ティータイムに出すマフィンを作っていく。

焼きあがったマフィンを型から取り出し、後は皿に盛りつけたら完成だ。

早めに作り始めたので時間が余ってしまい、せっかくだからランフォード用の軽食の調理を少しだけ手伝った。

そうこうしているうちに時間が来て、待ちわびていたリュカにマフィンを出した。

「わあ、おいしそう！」

今日のマフィンもとても喜んでくれ、パクパクと手を止めずに完食してくれた。

その幸せそうな姿を、隣のランフォードもハーブティーを飲みながら眺めている。

最愛の弟を柔らかな眼差しで見守る姿が目に入り、那月は泣きそうになってしまった。

——もうすぐ、彼には大切な人が一人増えるんだ……。

ランフォードの隣に美しい女性が座る姿を想像し、悲しみに襲われる。

想像しただけでもこんなに辛いのに、実際にこの目で見てしまったら、自分は平静ではいられない気がする。

――嫌だ。

彼に振り向いてもらおうなんて思っていないが、愛する女性と結婚し、幸せそうに微笑むランフォードを見たくない。

それが彼の幸せだとわかっているが、どうしても感情が邪魔をして素直に祝福出来ない気がした。

――なんて、自分勝手なんだろう。

こんなに好きなのに、好きな人の幸せを願えないなんて。

自分がこんなにも心の狭い人間だと思わなかった。

ランフォードに恋をして、自分の醜い部分を知ってしまった。

――僕みたいな人間が、ここにいたら駄目だ。

国王の結婚を祝えない人間に、城で働く権利なんてない。

その答えにたどり着いた時、涙がこぼれそうになってしまった。

それほど辛くて悲しい決断だったが、自分はここにいるのに相応しい人間ではない。

だが、もうすぐパーティーが開催される。

リュカも、那月の作るケーキをとても楽しみにしてくれていた。

――立派なケーキを作ろう。

それを城での最後の仕事にする。

那月はパーティーでの役目を終えたら、ここを出て行こうと心に決めた。


夜も更け、いつもなら明かりが消えているはずの厨房で、那月は一人で作業していた。

「もっとたくさん作らないと足りないかな?」

パーティーは明後日に迫っている。

パーティーで振る舞われるお菓子は、三種類のクッキーと、三段の巨大なフルーツケーキに決めた。

国内外から招待客が来るため、パーティーの出席者はおよそ二百人ほどだと聞いている。全員に行き届くよう、クッキーは各種二百枚は最低でも作っておきたい。

パーティーでは料理長が考えた特別な料理も振る舞われるため、当日は厨房は大忙しになる。特にかまどは料理でも必ず使うことになるため、出来れば今からクッキーを焼いておきたかったが、乾燥剤がないためあまり早くから焼くと湿気(しけ)てしまう可能性がある。

せめて明日、かまどを使っていない時にすぐに焼けるように、今夜中にクッキー生地の仕込みをしておくことにしたのだ。

「僕一人で三種類もクッキーを作るのは、ちょっと無謀だったかな」

あまりにも仕込みが大変で、つい弱音がこぼれてしまう。

しかしすぐに弱気を振り払うように、頭を左右に振った。

――これが最後の仕事なんだから、絶対に手を抜いちゃ駄目だ。

ランフォードの隣に、妻となる女性が立っている光景をふと想像してしまい、那月はとても苦しくなる。

けれど、私情は押し込め、彼のために最高のパーティーとなるよう、腕を振るおうと心に誓う。

しかし、それればかり考えていて、城を出た後にどこに行くかはまだ決めていない。

どこかでお菓子作りを続けていけたら、とは思っているが、お城の厨房並みに設備が整っているところはなかなかないだろう。

これからの生活に不安はあるが、それ以上に、お城で過ごした日々を忘れて心機一転生きていけるかが心配だった。

今だってこんなにも苦しい。

ランフォードのことを考えただけで、胸が締めつけられる。

これから先、彼以上に心を奪われる人に出会える気がしない。

なら、早く忘れてしまえばいいと思うのに、心に彼の姿が刻み込まれているかのように、簡単には消えてくれない気がする。

だから、なんとなく自分は一生誰とも結婚せず一人で生きていくような、そんな気がしていた。

「また考え事しちゃってた。時間がないのに」

未練がましい自分に苦笑しながら、那月はクッキー生地を三種類作り終え、次にケーキの仕込みに取り掛かる。

とはいっても、スポンジの生地を仕込んでおくと、当日焼いた時にメレンゲが潰れて膨らまなくなってしまう。

材料の計量だけしておこうと、所定の位置から小麦粉を持って来て秤に乗せる。

「あとは、砂糖だ」

大事にとっておいたてんさい糖を瓶から取り出し、重さを測る。

大きなケーキを作るから足りるか心配だったが、スポンジを作るのに必要な量がギリギリ残っていた。

今日は小麦粉を振るい、てんさい糖を細かく砕いたらおしまいにしよう。

ところが、那月はそこでふと重大な見落としに気づいたのだ。

「生クリームの砂糖がない……！」

生クリームにも、もちろん砂糖を使う。

そんな当然のことを、うっかり忘れていた。

「ど、どうしよう。もう茶菜粉はほとんどないし……。お城に保管してある砂糖を使わせてもらう？　でも、どのくらいの量があるのかわからないから、足りないかも……」

一瞬、小さいケーキにしようかと考えたが、それでは全員に行き渡らない。

リュカにも大きなケーキを作ると約束した。だから、大きさは譲れない。

だが、砂糖が足りないのだから、サイズダウンするしかない。

もう一度計算し直して、今手元にあるてんさい糖だけで作れる大きさに変更しよう。

内心激しく動揺していたが、当日、生クリームを作る段階になって砂糖が足りないことに気づくよりは、今気づけてよかった。

那月は紙とペンを持って来て、スポンジのサイズと必要な砂糖の量を計算していく。

「ええっと、スポンジ一つに必要な砂糖の量は……」

気が動転していて、簡単な計算すら何度も間違ってしまう。

那月は心の中で「落ち着け」と呟き気持ちを静めようと努力したが、どうしても集中出来ない。

——最後にこんな初歩的な失敗しちゃうなんて。

情けなくて自分が許せなくて、ポタリと一粒涙が落ちた。

紙の上に落ちた涙のせいで、インクが滲んで読めなくなってしまう。

すると、これまで堪えてきた気持ちがあふれ出してしまい、後から後から涙がこみ上げてきた。

大事なパーティーでお菓子作りを任されているのに、在庫確認を怠り材料が不足する事態を招くなんて、パティシエとして失格だ。

普段ならこんなミスはしない。

ランフォードの婚約話を聞き、平静を装ったつもりでも気がつけば考え事ばかりしていたから、ミスをしてしまった。

仕事に私情を挟み、こんな失敗をするなんて、きっとランフォードが知ったら呆れるだろう。

色んな感情が押し寄せてきて、もう那月は何から手をつければいいのかわからなくなってしまった。

作業台の前に立ち涙を流していると、背後でドアが開閉する音が聞こえた気がした。

厨房の明かりを目にした見回り当番の使用人が、様子を見に来たのかもしれない。

那月はゴシゴシと乱暴に涙を拭い振り返る。

「すみません、パーティーの準備をしていて……」

そう言いながらドアの方向に視線を向け、そこに立つ人物を見て那月は息をのんだ。

「やはり、お前だったか」

ランフォードは苦笑しながらこちらへ歩み寄って来る。

――な、なんでランフォードさんが？

全く予想していなかった人物の訪れに、那月はびっくりして言葉が出てこなかった。

「パーティーは明後日だからな。お前のことだから、遅くまで残って仕事をしているんじゃないかと思ったんだ」

ランフォードは那月の前に立つと、眉を顰めた。

「目が赤い。忙しいだろうが、睡眠はしっかり取らないと駄目だろう？」

身を屈め、覗き込むように顔を近づけられて、心拍数が上昇する。

それを悟られないように顔を横に向けると、頬に手を添えられ強制的にランフォードと目を合わせられる。

「何度言ったらわかるんだ？　私を見ろと言ったはずだ」

「は、はい」

ランフォードは一気に不機嫌な空気を纏い始め、どうして自分は彼の逆鱗に触れる行動しか出来ないのかと落ち込んでしまう。

しゅん、と眉を下げると、彼は大きなため息を吐き、身を離した。

「そうビクビクするな。怒っているわけじゃない」

どう見ても怒っていると思うが、それを指摘したらさらに苛立たせるだけだろうと言葉を飲み込む。

ランフォードは不機嫌そうな顔で黙り込み、那月も言葉を発さないので、不自然なくらい室内はシンと静まり返る。

どことなく気まずい空気が漂っているというのに、那月はげんきんにもランフォードとこうして会えたことに、心が弾んでしまう。

そして同時に、考えないようにしていた本音が脳裏に浮かんできた。

——出て行きたくない。

想いを隠し続けていかないといけないとしても、お城でお菓子を作り続けたい。

彼と二度と会えなくなるのは嫌だ。

あれほど心に強く誓ったというのに、ランフォードに言葉をかけられただけで一瞬で決意が崩れ去り、自分勝手な欲望がこみ上げてきた。

——でも、こんな自分がお城にいたら駄目なんだ。

那月はあふれ出た複雑な想いを、再び胸の奥底にしまいこむ。

ひっそりと深呼吸して気持ちを落ち着かせ、そろそろと口を開いた。

「……あの、なにか御用でしょうか？」

「パーティーで色々と菓子を作るつもりらしいが、茶菜粉は足りているのか？」

いきなり痛いところを突かれ、那月は口ごもってしまう。

はっきり質問に答えないでいると、ジロリと睨まれもう一度聞かれた。

「足りているのか？」

「す、すみませんっ。実は足りなくて……」

圧力に耐えきれず打ち明けたが、在庫管理不足だと呆れられたかもしれない。

那月が首を竦(すく)めると、大きなため息が聞こえてきた。

「だから、怒っているわけじゃない。そうだろうと思って、手配しておいた」

「え？」

「大規模なパーティーだから、足りなくなるのではないかと思い、あらかじめ砂糖を他国から取り寄せる手配をしておいたんだ。明日届くということを、伝えに来た」

「そうなんですかっ？」

ベルローツ王国では、砂糖はとても高価で貴重なものだ。

そのため、王族でも滅多に口にすることが出来ず、鍵のかかった倉庫に厳重に保管されており、使用するにも許可を取らなくてはいけない。

それほどのものを、パーティーで提供するお菓子のために、買いつけてくれただなんて……。

一瞬、那月は自分のためにしてくれたのだと感動したが、すぐにそうではないと自分を戒(いまし)める。

他国の要人を招いてのパーティーを成功させるために、必要だからしたことだ。

いや、もしかしたら、それだけではないのかもしれない。

自身の婚約発表も兼ねているから、その人のために最高のパーティーを開催してあげたいと思ったのかも……。

——その人のことを、とても愛してるんだ。

それがヒシヒシと伝わってきて、那月は彼の心が自分に向くことは決してないのだと悟り、心臓をズタズタに切り裂かれたような痛みを覚える。

無意識に胸に手を当て俯くと、異変に気づいたランフォードが怪訝な声を上げた。

「おい、どうした？」

肩に手を当て気遣われて、失恋の痛みに苦しんでいるというのに、触れられたことを喜んでいる自分がいた。

——馬鹿だな。

彼の心は別の人のところにあるというのに。

好きでいることを、やめられない。

那月はランフォードにいらぬ心配をかけまいと、力を振り絞って薄く微笑みを浮かべる。

「ホッとしたら、力が抜けてしまって。ありがとうございます。おかげで、大きなケーキが作れます」

「今日はもう休め。パーティーは明後日だ。まだ時間はある」

ランフォードが優しい言葉をかけてきてくれ、また心が揺れ動く。

これ以上、彼と話していたらボロが出てしまいそうで、背を向けた。

「本当に、ありがとうございました。ここを片づけたら休みます。ランフォードさんももう、お部屋に戻ってください」

那月はそう告げ、作業台の上を片づけ始める。

ところがランフォードはその場から動かず、那月の動きを観察していた。

何か気づかれたのかと動揺してしまい、うっかりボウルを手から落としてしまう。

ガシャンッと派手な音を響かせた後、ゴロゴロ転がったボウルは、ランフォードの足にぶつかって止まった。

「す、すみません」

身を屈めて手を伸ばすと、同じくボウルを拾おうとしたランフォードの手に指先が触れ、なぜかそのまま握り込まれた。

「ぁ……っ」

——大きな手……。

同じ男なのに、那月よりも大きくて力強く、そして傷一つない綺麗な手だ。

それに対して自分の手は、女性のように柔らかくもなければ、彼のように格好よくもなく、水仕事をよくしているためガサガサしてみっともない。

そんなみすぼらしい手を握られてしまい、恥ずかしくて仕方なかった。

「あの……」

「手がとても冷たい。傷も出来ている。こんなになるまで、働いているのか」

「え？」

「今度、薬を用意しよう」

温めるように両手で包み込まれ、彼の優しさを感じ目頭が熱くなる。

――どうして、こんなに優しくするの？

決心が鈍りそうになってしまう。

それどころか、彼にもっと優しくされたいという欲望がわき出してしまう。

今ここで離れないと、自分は彼に特別に想われているのではないかと、とんでもない勘違いをしてしまいそうだった。

那月は声が震えないように細心の注意を払い、呟いた。

「……ありがとうございます。でも、慣れてるので大丈夫です」

那月はスルリと手を抜き取り、ボウルを拾い上げて作業台に向き直る。

「ランフォードさん、おやすみなさい。絶対に美味しいお菓子を作るので、パーティーの時に一口だけでも食べてくれませんか？」

最後のお菓子くらい、彼にも食べてほしい。

そのくらいの願いを抱くくらいは許されるだろう。

那月が願いを込めて伝えると、背後でランフォードの静かな声が響いた。

「ああ、そうしよう」

一言だけ残し、彼の足音が遠ざかっていった。

その後、ドアが閉まる音が聞こえ、那月は張り詰めていた緊張感から解放されてズルズルと床に座り込む。

――この苦しみも、明後日で終わる。

彼から離れて暮らせば、城でのことを忘れていくだろう。

そんなに上手くこの想いを消し去ることは出来ないと知りながらも、自分に言い聞かせるように心中で繰り返すしかなかった。

そうして迎えた、パーティー当日。

まだ太陽が昇らないうちから、使用人たちはパーティーの準備で忙しく動き回っていた。

料理人たちも厨房に集まり、仕込んでおいた料理の仕上げに取り掛かっている。

「カンラナツキ、そっちはどうだ？」

「問題ないですっ」

かまどの前でクッキーを次々に焼きながら、料理長の言葉に大きな声で返事する。

――パーティーが始まる前にクッキーを全部焼いて、並べて、パーティーの中盤にケーキを出すから……。

パーティーは夕方から始まる予定で、遠方からの来客が昨日から続々と城に到着してきている。

那月のお菓子はパーティーで振る舞うだけだが、料理の方は城に宿泊している来客の分も用意しなくてはならず、料理長と料理人たちはとても忙しそうだ。

「料理長、もうすぐいったん手が空くので、料理の方を手伝いましょうか？」

昼までにクッキーは焼き終わるだろうから、ケーキを作り始めるまでに少し時間が空く。その間に何か手伝えないかと思ったのだ。

「お前は自分の仕事に集中していろ。失敗は許されないんだからな」

「わかってます。でも、僕も料理人なんですから、出来ることは手伝わせてください。盛りつけくらいなら出来るので」

那月が伝えると、本当に忙しいみたいで料理長が「手が空いたら声をかけてくれ」と言ってくれた。

大した戦力にはならないが、素性の知れない自分を受け入れてくれた料理人たちに、少しでもお返しがしたいと思っていた。最後に機会が訪れてよかった。

――パーティーが終わったら、料理長に言わないと。

実はまだ、誰にも辞めることを伝えていない。

本当は誰にも気づかれないように、こっそり出て行くつもりだったが、それでは直属の上司に当たる料理長が責任を問われかねない。

だから、まず料理長に伝えて、それからランフォードにも出て行くことを伝えようと思っている。

たぶん反対されるだろう。

でも、リュカが喜ぶお菓子を作れる人が他にいればいいのだ。

ここにいる料理人たちがお菓子を作れるようにレシピをまとめておけば、ランフォードも引き留めないだろう。

彼が必要としているのは、那月自身ではなくパティシエなのだから。

那月は料理長の手伝いが出来るよう、手早く作業を進めていく。

そうして、那月が焼いたクッキーを皿に盛りつけていると、使用人頭が顔を出した。

料理長に用があるのだと思ったが、呼ばれたのは那月だった。

「カンラナツキさん、こちらへいらしてください」

「え？　はい」

作業台を離れようとすると、使用人頭は盛りつけの終わった皿を示しながら言った。

「完成したお菓子を一皿お持ちになって、ついて来てください」

「どこに行くんですか?」

「パーティー会場です。お集まりのお客様に、先にお菓子をお配りするようにとランフォード様からご指示がありました」

まだパーティーの開始時間になっていないが、客人にウェルカムドリンクのような形でお菓子を振る舞うらしい。

数は十分用意してあるから、先にいくつか配っても会場に並べる分が不足することはない。だが、なぜ自分が? 給仕係が持って行けばいいのではないだろうか。

那月がそれを伝えると、使用人頭は「カンラナツキさんに持ってこさせるようにと言われてます」と返してきた。

招待客は貴族や王族たちだと聞いている。

毒見のために那月が必要なのだろうと合点がいった。

使用人頭の後ろをついて行き、会場の扉をくぐる。

会場となる大広間は、普段のシンプルな内装とは全く異なる装飾が施されていた。手前には真っ白のクロスが敷かれたテーブルがいくつも設置され、食器やグラスが並んでいる。

壁際には休憩用のイスやソファが置かれ、奥には演奏用の楽器も用意してあった。

大きな花瓶には大輪の花が生けられ、壁に飾られている絵画もいつもより大きく華やかなものへと変更されており、カーテンもドレープたっぷりの明るい色のものに変えられている。

その華やかなパーティー会場に相応しい、豪奢なドレスに身を包んだ女性と気品のある男性たちが、あちらこちらで話に興じていた。

――わぁ、これがパーティーか。

まだ始まっていないのに、別世界のようにキラキラした会場の空気にのまれてしまう。

「カンラナツキさん、ご歓談中の方々にそれをお勧めしてください。私は飲み物をお配りしますので」

「は、はい」

グラスを乗せたトレイを片手で器用に持った使用人頭は、客人に近づいていく。

「ご歓談中、失礼いたします。お飲み物はいかがですか？」

使用人頭は客人がグラスを手に取ったのを確認し、再度口を開く。

「こちらもいかがでしょうか。王弟であるリュカ様のお気に入りのお菓子です」

目配せされ、那月は一歩前へ進み出る。

何か言った方がいいのか、それとも言わない方がいいのか作法がわからず、クッキーを並べた皿を差し出すのが精一杯だった。

「ほう、どんなものだ？　これはパンかな？」

「まあ、ずいぶんいい香りがするパンね。お一ついただくわ」

その場にいた客人たちはクッキーを初めて見たようで、小さいパンだと思いながら一枚ずつ手に取ってくれた。

どんな食べ物か説明するべきか迷っているうちに、一番最初に手に取った男性がクッキーを口に入れる。

「ん？　これはパンじゃない。なんだ、これは？」

眉をしかめながら問われ、口に合わなかったかと背筋がヒヤリとした。

那月がオロオロしていると、使用人頭に目線でクッキーの説明をするよう促される。

「パ、パンじゃなくて、クッキーという甘い食べ物です。ハーブティーで使うハーブを細かくして練り込み、はちみつで甘さを出しました」

招待客の年齢を考慮し、今回はリュカには出さない大人向けのクッキーを作ってみた。

その一つが、今配ったハーブクッキーだ。

実際にランフォードがいつも飲んでいる茶葉を練り込んでいるから、招待客の口にも合うと思ったのだが……。

――クッキーにするのは好まれなかったかな?

自分で試食した時は美味しいと思ったのだが、実際にランフォードに食べてもらったわけではない。舌が肥えた上流階級の人の味覚には合わなかったのかと、不安になった。

「どうりで、初めて食べるのに知っている香りがすると思ったよ。パンとは違うサクサクした食感もいい」

「お、お口に合いましたか?」

「ああ、美味しいよ」

男性はニコリと微笑み、もう一枚手に取ってくれた。

さらに一緒にいた女性も美味しいと笑顔で言ってくれ、那月は心底安堵する。

「あなたが作ったの?　とても美味しかったわ」

「そうです。美味しいと言ってくださって、ありがとうございます」

那月も嬉しくなって笑顔で一礼し、次のグループへとクッキーを配りに行く。

皆、最初はクッキーを見て不思議そうな顔をしたが、実際に食べると一様に「美味しい」と絶賛してくれた。

会場にいる全員にクッキーを配り終えホッとしていると、何人かの招待客に呼ばれる。

なんだろう、と思っていると、クッキーのレシピを教えてほしいと言われた。

国に戻ってからも食べたいと思うほど気に入ってくれたようで、レシピを持ち帰って料理人に作らせたいという。

他の人も同じみたいで、どうやって作ったのかとか、パーティーでも提供するのかなど、色々と質問責めにされてしまった。

——えっと、どれから答えれば……。

まさかこんなに絶賛されるとは思っていなかった那月は、予想外の事態に戸惑い、どうしたらいいのか困惑してしまう。

オロオロしていると、いきなり人混みから手が伸びてきて、強い力で引っ張られた。

「な、何っ？」

ビックリして振り返ると、そこには真紅の衣装に身を包んだランフォードが立っていた。

「何をしているんだ？」

「す、すみませんっ」

肩をすくめる那月の腕を引き、ランフォードは招待客から引き離す。

ドア付近に連れて来られたところで、やっと解放された。

「すみません、出しゃばってしまって」

料理人ごときが貴族や王族と話して何か失礼なことをしてしまったら、主催のランフォードの評判が落ちてしまう。

自分の行動を反省した。

するとランフォードはなぜか驚いた顔をし、頭を緩く振る。

「そうではない。お前が困っている様子だったから、連れ出しただけだ」

「そうだったんですか？」

思ってもいない言葉に、こちらが驚いてしまう。

「余計なことだったたか？」

「いえ、これからケーキを作らないといけないので、助かりました」

那月がそう言うと、ランフォードがやや考えた後にこう言ってきた。

「他の菓子もお前に給仕させようと思っていたが、やめておこう。お前は今日は厨房から出るな」

ランフォードの声色は硬く、表情もどことなく不機嫌そうだった。

――やっぱり、僕みたいな料理人を人前に出したくないよね……。

何も考えずにコックコートのまま会場に来てしまったが、今日は使用人たちも髪型をしっかり整え、皺のない制服を着て、いつも以上に身なりに気を遣っている。

場違いな格好で、ちょっとクッキーを褒められたからといって会場に長居してしまった自分が恥ずかしい。

ランフォードは、みっともないからもう客人の前に姿を見せるな、と言っているのだろう。

全部自分が悪いとわかっているが、ランフォードに失望された気がして、どうしても落ち込んでしまう。

「……わかりました。失礼します」

那月は沈んだ声で答え、足早に会場を後にした。

厨房に戻り料理の盛りつけを手伝った後、作業台の上に並べた材料を見て、那月は深呼吸して気持ちを切り替え気合を入れる。

——最高のケーキを作ろう。

生クリームに使う砂糖は、この世界では貴重な上白糖だ。

ランフォードが手配してくれていたものが、昨日無事に届いた。

道具も以前ランフォードからもらったホイッパーがあるし、ここまで揃えてもらったのだから、皆が感動するようなケーキを作らなくてはいけない。

「よし、始めよう」

まずは卵白に砂糖を入れ、ホイッパーで泡立てていく。

元の世界では電動ホイッパーに頼っていたため、久しぶりの手作業は骨が折れる。

しかも今回は巨大なケーキを作るため、三十センチ四方の四角いスポンジを四つ使用し、三段ケーキの下段を作る。中段は下段より二回り小さくし、上段はさらに小さいスポンジを乗せる予定だ。

ケーキ作りで一番大切で難しいのが、このスポンジ部分。

ツノがしっかり立つメレンゲを作れるかどうかが、スポンジの膨らみに関係してくる。

汗をかきながらホイッパーを動かし続けていると、城内にパーティーの開始を告げる鐘が鳴り響いた。

ケーキはパーティーの後半に出す予定になっている。だいたい今から三時間後だ。

間に合うかは、スポンジが成功するかどうかにかかっている。

那月がスポンジ生地をかまどに入れて焼き具合を見つつまたメレンゲを作って、と一人で慌ただしく動き回っていると、料理長が一人料理人を手伝いに回してくれた。

彼にメレンゲの作り方を説明し役割分担して、那月はかまどに張りついて生地の焼き加減を調節する。

二人で作業したことにより時間が短縮出来たため、合間に生クリーム作りにも取り掛かれた。

料理長も手伝いを申し出てくれたため、フルーツのカットをお願いし、那月は自分が厨房の一員になっていることを実感して、胸が熱くなった。

思い返せば、初日はかまどの使い方もわからず、リュカの専属料理人なのに料理を作れず、料理長を始め料理人たちに白い目で見られた。

皆が料理長の指揮の元、協力して食事を作っている間も、一人だけ全く別の動きをしていた。

でも、少しずつ受け入れてもらい、今ではこうして一緒に作業する関係にまでなった。

そのことが嬉しい。

「料理長、もう大丈夫です。ありがとうございました」

最後のスポンジをかまどから取り出したところで、那月は二人に礼を言って持ち場に戻ってもらった。

作業台を見ると、フルーツが均等な大きさで種類ごとに全て切ってあった。

包丁さばきは料理人には敵わないな、と感心する。

那月はフルーツをスポンジに挟み、それを積み上げて形を作っていく。

三段のケーキは作ったことがなかったが、傾くこともなくしっかりと土台を形成出来た。

あとはこれに生クリームを塗って、デコレーションを施せば完成だ。

那月はワゴンを一台借り、そこにスポンジの土台を移してデコレーションを開始する。これなら後でワゴンに移す必要がなく、このまま会場に運んでいける。

那月は精一杯綺麗にクリームを塗り、フルーツと生クリームで飾りつけていく。

「よし、出来た」

完成したケーキの高さは五十センチほど。

このサイズなら見た目も華やかだし、招待客にも行き渡るだろう。

那月が額に滲む汗を袖口で拭っていると、料理長が傍に来てしげしげとケーキを観察し始めた。

「すごいな。これはなんていうお菓子なんだ？」

「フルーツケーキです。通常は一段ですけど、パーティーなので三段にしました」

「お前の作るお菓子は綺麗だな。料理もこんな風に華やかにしたら、リュカ様も喜んでくれると思うか？」

食後のお菓子目当てにリュカもずいぶん食事を食べてくれるようにはなっているが、完食出来ない日も多い。

料理長が自分の料理がリュカの口に合わないのかと気にして、色々とメニューを考えている姿をこれまで何度も目にした。

那月はふとあることを思いつき、料理長に提案してみる。

「僕がいた世界……じゃなくて、国では、子供用にワンプレートの料理があるんです。お皿もカラフルなもので、料理に小さな旗を立てたりソースで絵を描いたりして、見た目も楽しませられるように工夫されています。もしかしたら同じように盛りつけたら、リュカくんも食べてくれるかもしれません」

「ほう、そんなものがあるのか。いいかもしれない。後で詳しく教えてくれ」

「わかりました」

ファミレスで見かけるお子様ランチ。

これまで思いつかなかったけど、似たような盛りつけをすればリュカも興味を引かれて食べてくれるかもしれない。

――僕がいなくなっても、ちゃんとご飯を食べてくれるといいな。

リュカのことが心配だったが、料理長がお子様ランチを作ってくれれば喜んで食べてくれる気がする。

これで一番の気がかりがなくなってホッとした。

那月は給仕をしている使用人に声をかけ、ケーキを運んでもらうよう頼んだ。

振動でケーキが崩れるかもしれないため、出来るだけ揺らさないようにお願いする。

三段ケーキが厨房から運び出されると、那月の仕事はおしまいだ。

料理の方もあらかた出し終わったようで、料理人たちは手が空いた者から後片づけを始めている。

那月もいつも以上に入念に器具を洗って磨き上げ、作業台の上も綺麗に拭いていく。

その最中に、そういえば、とあることを思い出した。

――ランフォードさんの婚約はどうなったのかな。

厨房にずっとこもっていたから、パーティーの様子は全くわからない。

もう婚約者の紹介はされたのだろうか。

いったいどんな人なのだろう。

――きっと、とっても素敵な人だ。

花嫁召喚の儀式を拒んでまで妻にしたいと望んだ人なのだから、外見も内面も素晴らしい女性だろう。

チクリと胸が痛んだが、もう思い残すことはない。

パティシエとして、最高の仕事が出来たと思っている。

貴重な砂糖をふんだんに使った大きなケーキ。

そのケーキを、ランフォードと彼の大切な人が食べてくれたのなら、自分はそれだけで幸せだと、那月は自身に言い聞かせた。

「カンラナツキ、俺たちはもう行くが、お前は？」

厨房の片隅で書き物をしていた那月の背中に、料理長が声をかけてきた。

「僕はもう少しやることがあるので」

那月はそこまで言った後、イスから立ち上がり料理長の元へ行った。

「あの、急なんですけど、僕、今日でここを辞めます」

「はあ？」

「僕がいなくてもリュカくんにお菓子を作ってあげられるように、レシピをまとめていきます。……今まで、ありがとうございました」

料理長は絶句していたが、那月は一息に最後まで言って深々と頭を下げた。

料理人として雇われているのに、結局料理はほとんど覚えられなかった。

お菓子ばかり作っている那月は、厨房の中で異質な存在だっただろう。

でも、料理長は那月に料理をするよう強要したりせず、好きにやらせてくれた。

そのことに、とても感謝している。

那月が下げた頭を上げられないでいると、料理長が詰めていた息を吐き出した。

「また急な話だな。……ランフォード様の許可は取っているのか？」

「……この後、言いにいきます。お菓子のレシピを残していくと言えば、許してくれると思います」

「そんな簡単にいくわけないだろう？」

料理長は呆れたように言ってきたが、ランフォードにとってはお菓子を作れる料理人が城にいればいいのだ。那月でなくてはいけない理由はない。

「これからは、お料理の他にお菓子も作ることになると思いますが、リュカくんのために、どうかよろしくお願いします」

料理長の質問に答えずにそう伝えると、少し間を置いた後、こう言われた。

「ランフォード様とリュカ様のために料理を作るのが、俺たちの仕事だ。そこは任せておけ。……じゃあな、お疲れ」

ポン、と肩を叩かれ、料理長の足音が遠ざかっていく。

厨房で働き始めて半年。

明日からここに立つことが出来ないと思うと、とても寂しい。

けれど、これが自分の選んだ道だ。

那月は一人きりになった厨房で、レシピを紙に書き続けた。

思いつく限りのレシピを、ひたすら書いていく。

一つ一つのお菓子に、様々な思い出がある。

フレンチトーストは初めてここで作ったお菓子。

バナナのマフィンは、街に連れて行ってもらった時にリュカが選んだバナナを使って作ったもの。

くるみのクッキーもリュカが喜んで食べてくれた。

このてんさい糖のクッキーは、リュカがつまみ食いして……。

——ケーキの感想、聞けなかったな。

大きなケーキを見て、どんな顔をしただろうか。

新作のお菓子を出した時のように、瞳をキラキラと輝かせてくれた？

一口食べて、満面の笑みで美味しいと言ってくれただろうか。

「食べるところを、見たかったなぁ」

もう感想を聞く機会はないけれど、リュカのためにケーキのレシピもしっかり残しておく。これを見て、厨房の料理人がまた作ってくれるだろう。

「……よし、これで全部かな」

時間をかけてレシピを書き終えた那月は、紙の束を抱えて厨房を出る。

城の中はすっかり静まり返り、廊下も薄暗い。

――遅くなっちゃった。

本当はパーティーが終わるまでにレシピをまとめておくつもりだったが、書き始めたら残していきたいレシピが次から次に浮かんできて、手が止まらなくなってしまったのだ。

那月は足音を極力立てないように忍び足で歩き、階段を上って自室に向かう。

部屋に入り、枕元のランプを持ってクローゼットへ入った。

そこには、この世界に来た時に着ていた元の世界の服がしまってある。

コックコートを脱ぎ、洋服に袖を通す。

着替え終わった自分の姿を鏡で確認し、なんだか違和感を覚えた。

未練を断ち切るように脱いだコックコートを丁寧に畳み、那月はレシピの束を持って再び廊下に出る。

そうして廊下を進み、同じ階にある一室の前で足を止めた。

すると、ドアの前に立っている二人の護衛に不審な目を向けられる。

「料理人だな？　なんの用だ？」

那月は怯みそうになるのをグッと堪え、用件を伝える。

「お疲れ様です。ランフォード様にお話があります。通していただけませんか？」

「今何時だと思っているんだ？　もうお休みになっている。明日にしろ」

「今じゃないと駄目なんです」

レシピをしたためることに集中していて、時報の鐘の音を聞き逃し、現在の時刻を正確に把握出来ていない。

城内の様子から十二時頃かと推測し、確かに部屋を訪ねるには遅い時間だと思ったが、今伝えなければ出て行く決心が鈍りそうで、那月は粘った。

けれど、いくら頼んでも護衛は取り次いでくれず、追い払われそうになってしまう。

「駄目だと言ってるだろう？　パーティーでランフォード様もお疲れだ」

「でも、今がいいんです。声だけでもかけてくれませんか？」

「そんなことをしたら、我々が叱責を受ける。諦めろ」

「護衛さんたちは悪くないって、ちゃんと言いますから……」

押し問答を続けていたその時、いきなり内側からドアが開いた。

室内の明かりが廊下に漏れ、大きな影が伸びる。

「どうしたんだ？」

「ランフォード様、騒がしくして申し訳ありません」

護衛は国王の休息を妨げてしまったことに恐縮し、背筋を伸ばす。

「それは質問の答えになっていない。私は何があったのかと聞いて……」

疲れているのか、それとも時刻に配慮してか、ランフォードは普段より声量を落としていた。

その声が中途半端なところで途切れ、視線が那月に注がれる。

「どうしたんだ、こんな時間に。お前が私の部屋を訪ねてくるなんて、今までなかったが」

驚いた様子だが、機嫌を損ねてはいないようだった。

那月は話がしたいと伝えようとランフォードを見上げ、言葉を詰まらせる。

――なんで、そんな格好を？

いつも国王らしい気品のある出で立ちをしている男が、濡れた肌にバスローブを巻きつけ、髪からは水滴を滴らせている。

初めて目にした乱れた姿に動揺してしまい、那月はあからさまに視線を逸らし、顔を赤くする。

なかなか用件を言わないことに焦れたのか、ランフォードは「おい」と強めの口調で問いかけてきた。

「あ、あの、お話が……」

上擦った声でなんとか伝えると、ランフォードが怪訝な声のトーンで聞き返してくる。

「話？　こんな時間にか？」

「す、すみませ……」

那月が反射的に謝罪を口にした時、部屋の中から女性の高い声が聞こえてきた。

「ランフォード様？　そのようなお姿でいらっしゃると風邪をひかれますよ？　こちらを肩に羽織ってくださいませ」

想定外の女性の声が聞こえてきて、那月はギクリと身を強張らせる。

——どうしてこんな時間に女の人が？

そこで、婚約者の存在をはたと思い出した。

やはり、パーティーで婚約発表が行われたのだ。

パーティーは遅い時間まで開かれていたから、招待客の中にはそのまま城へ宿泊する者もいる。

おそらく、ランフォードの婚約者も泊っていくことにしたのだろう。

婚約発表の後なら、ランフォードの私室に泊っていくことも、全く問題はない。

恋愛事に疎い那月は、こういった可能性を全く考えていなかった。

——まさか、二人でいる場面に遭遇しちゃうなんて。

ランフォードが結婚することは、受け入れなくてはいけない。

でも、やっぱりどんなに頑張っても、心から彼の結婚を祝うことは出来なかった。

それにしても、一番見たくない場面に遭遇するだなんて、なんて間が悪いのだろう。

那月は今、どのような行動をするのが正解か、混乱してわからなくなってしまった。

こんな心理状態では、まともに話なんて出来ないかもしれない。

悲しみから泣いてしまうかもしれない。

そもそも、婚約者といる時にする話でもない気がする。

思い切り二人の邪魔をしてしまっている状況にはたと気づき、那月はとにかくここにはいられないと思った。

「す、すみません、やっぱりいいですっ」

声を震わせながらなんとかそれだけ言い、走り去ろうと足を一歩後ろに引いた。

ところが、駆け出そうとした寸前で手首を掴まれ、動きを止められてしまう。

「待て。話があるなら、中で聞く」

「で、でも、その……」

婚約者がいる前で、冷静に話なんて出来ない。

ランフォードからしたら、使用人の一人が辞めることは大した話題ではないだろうが、自分は無理だ。

これから結婚する幸せそうな二人を見たくない。

——僕は最低だ。

自分が一方的に好きになって、失恋して、勝手に胸を痛めている。

彼は何もしていないのに、無神経な行動をするランフォードをうらめしく感じてしまう。

「離してください、お邪魔したくないので」

「邪魔？　あとは寝るだけだから、気にしなくていい」

——婚約者と一緒に寝るんでしょう？

反射的に言ってしまいそうになった言葉を、なんとかのみ込む。

いつになく必死に抵抗していると、ランフォードは次第に苛立ってきたようだ。

小さく舌打ちし、力まかせに手を引いてきた。

強い力で引き寄せられ、抵抗しきれず彼の胸に飛び込んでしまう。

「わっ」

彼のはだけた胸元に顔を埋める形になり、素肌に頬が当たる。

湿った肌から石鹸の香りがフワリと香り、心臓が痛いくらい大きく鼓動を打つ。

——は、離れなきゃ。

胸に手をつき押してみるが、肩に腕を回され逃げられないように抱きしめられ、身動きが取れない。

　このまま抱きしめられていたら、せっかく固めた決心が揺らぎ、ずっと彼の傍にいたいという思いがこみ上げ、口からこぼれ出てしまうかもしれない。

　なんとかして身体を離そうともがいていると、頭上からランフォードの声が落ちてきた。

「君はもう下がっていい。私が呼ぶまで、誰も部屋に入れないでくれ」

「かしこまりました。失礼いたします」

　女性が返事をし、横を通り抜けていく気配を感じた。

　すれ違う時に彼女からランフォードと同じ石鹸の香りが漂い、やっぱり彼女が婚約者なのだと悟った。

　那月はどうしても彼女の姿を見られなくて、目をきつく瞑る。

　室内に誰もいなくなったことを確かめ、彼はようやく腕の力を緩めてくれた。

　その隙に素早く距離を置き、ランフォードと向かい合う。

　やっと話が出来るというのに、ランフォードの婚約者のことや、抱きしめられたことが那月の思考をかき乱していて、なかなか話を切り出せない。

　顔を伏せて黙ったままの那月にしびれを切らしたのか、ランフォードが口火を切った。

「それで、話というのは？」

——早く言わないと、決心が鈍る。

那月はこれが最後のチャンスだと、顔を上げて喉の奥から声を絞り出した。

「……明日、ここを出て行こうと思います」

緊張して声がずいぶん小さくなってしまったが、ランフォードの耳になんとか届いたようだ。

目の前の彼は見る見る様相を変え、怒りを滲ませながら問いかけられた。

「理由はなんだ？」

——理由は、言えない。

ランフォードが好きだから、誰かと結婚する姿を見るのが耐え切れなくて、出て行こうとしているだなんて。

でも、理由を聞かれるとは思っていなかったので、彼が納得するような嘘の理由も考えていなかった。

——えっと、なんて言えば……、あ、そうだ。

那月は大事に胸に抱きこんでいたレシピの束を差し出す。

「お菓子のレシピはまとめてあります。このレシピがあれば、料理人の皆さんでこれまで通りお菓子を作れます」

ランフォードが心配するであろう今後のお菓子作りについて、那月がいなくとも問題はないということを先に伝える。

これを渡せば、もう自分に用はないはずだ。

きっと「わかった」と言って、那月から興味を失うだろう。

自分自身を必要としてもらえないことは悲しいが、これが事実なのだから仕方ない。

国王のランフォードからすれば、自分はたくさんいる城の使用人の一人。

いなくなったところで、彼の生活になんら変化は起こらない。

那月はこみ上げそうになる涙を堪えながら、レシピを渡そうとする。

ところが、ランフォードはそのレシピを手で払いのけたのだ。

「こんなもの、必要ない」

レシピが那月の手から落ち、ヒラヒラと舞う。

まさか受け取りを拒否されるとは思っておらず、舞い落ちる紙を呆然と眺めるしか出来なかった。

――どうして、こんなことを？

これがないと、リュカにお菓子を作ってあげられないのに。

もしかして、レシピが何かわからなかったのだろうか？

同じ厨房で働いているのだから、料理人なら誰でもお菓子を作れると思っているとか？

――このレシピは、僕と同じだ。

払いのけられたレシピと自分の姿が重なり、那月は唇を噛みしめる。

彼に不要だと思われたら、このレシピのようにあっさり捨てられるほどの価値しかない。

どうしようもない悲しみに襲われ、目尻に涙が浮かんできた。

――泣いたら駄目だ。変に思われる。

那月は小刻みに身体を震わせながら、跪(ひざまず)いて散らばったレシピをかき集める。

「後で使用人に片づけさせる。そのままにしておけばいい」

冷たい声に、ビクリと身体が揺れてしまう。

それでも、これは渡さなくてはいけない。

心が折れそうになりながらもレシピを拾い集め、膝をついたままランフォードに伝える。

「これがないとお菓子は作れません。これは、料理人にとって、とても大切なものなんです。あなたではなく、料理長に渡しておきます」

反抗的な態度を取ったことでランフォードの機嫌を損ねたらしく、彼の形のいい眉がピクリと動いた。

不穏な気配を察知し、レシピを胸にかき抱いて身体を強張らせる。

しかし、彼は沈黙した後、思いの他静かな声色で聞いてきた。

「……話を戻そう。なぜここを出て行く？　その理由を聞いていない」

「………………」

那月が黙っていると、ランフォードは続けてこんなことを口にした。

「今日のパーティーで、ずいぶん人気だったな。お前の作った菓子を、客人は喜んで口にしていた。どこかの国から、引き抜きの話があったのだろう？」

――引き抜き？

もちろん、そんな話はされていない。

パーティーが始まる前に、レシピを聞かれただけだ。

那月は頭を左右に振って否定したが、するとまた、ランフォードに詰問(きつもん)された。

「違うというのなら、なぜいきなり出て行こうとしたんだ？」

何度言われても、本当のことは言えない。

那月が押し黙っていると、ランフォードが前髪をかき上げ、恐ろしい言葉を呟いた。

「……お前を、閉じ込めてしまいたい」

――閉じ込めるって……。

城へ連れて来られた時に、何か不審な動きをすれば牢獄に入れると言われた。

だが、あれは素性の知れない那月を警戒する使用人たちを納得させるための言葉だと、後に説明してくれたのに。

――やっぱり、本気だったってこと？

自分は何も罪を犯していない。ただ出て行こうとしただけだ。

この国では、国王の居城から去ろうとした者は、それだけで牢獄に入れられるのか？

――牢獄に入れられたら、僕は一生出られない？

実際に牢獄を見たことはないが、その恐ろし気な名称から想像するに、きっと太陽の光すら届かない地下にある、暗く寂しい場所だろう。

そこで一生を終えるのかと想像したら、ショックのあまりヒュッと喉が鳴った。

呆然としている那月を見下ろし、ランフォードは唐突に選択肢を提示してきた。

「二つ、選択肢をやろう。レシピを破棄するか、またはここに閉じ込められるか。どちらがいい？」

「どっちって……」

せっかく書いたレシピを破棄したら、料理人たちは誰もお菓子を作れなくなってしまう。

そうなったら、那月はリュカが心配ですぐに城を出て行けなくなるだろう。

かといってレシピを残す方を選択したら、城の牢獄に閉じ込められる。

──つまり、どちらを選んでも僕は出て行けないんじゃ……？

混乱して究極の選択を迫られているような気になっていたが、よく考えてみたら、どちらを選んでも自分はここに残ることになる。

──わけがわからない。

ランフォードの考えていることが読めなかった。

那月は必死に考えて、こう答える。

「ど、どっちも嫌です」

言葉が口から出た直後、ランフォードに肩を掴まれ、絨毯の上に仰向けで寝転ばされた。

「な、何を……」

毛足の長いフカフカの絨毯の上に倒されたからどこも痛めてはいないが、咄嗟のことに抵抗も何も出来なかった。

那月が狼狽えながらも上体を起こそうとすると、両手首を絨毯に押しつけられ、ランフォードが上にのしかかってくる。

「お前は、なぜ私を嫌うんだ」

身動き出来ない体勢で睨みつけられ、本能的な恐怖心がわき上がり、身を強張らせる。

それを察し、彼は眉間の皺をグッと深くした。

「私がこれほどお前に目をかけ心を砕いてやっているのに、どうしてお前は私を好きにならないんだ。……本当に、この部屋に閉じ込めてしてしまいたい。どこにも行けないように。私しかその瞳に映さないように」

「え……？」

——今、ランフォードさんはなんて言った？

くぐもった声だったが、この距離で聞き逃すはずはない。

だが、まるで那月自身に執着しているかのような言葉で、何かの聞き間違いかと耳を疑ってしまう。

ランフォードは答えを持っているのかじっと見つめてきて、那月はその視線から逃れるように顔を横に向けた。

「また目を逸らすのか。私の姿を見るのも嫌なのか？」

「ち、違……っ」

見つめられて目を逸らしてしまうのは、見つめ返せないほど意識しているからだ。

心臓がはち切れそうなくらいドキドキして、自分を保っていられなくなる。

「カンラナツキ、私を見ろ」

いつもの命令口調なのに、声の響きが異っている。

懇願するような、祈るような声。

つい彼に視線を向けたくなったが、目が合ったらもう誤魔化せない。

彼の傍にいられない理由を、口にしてしまう予感がした。

唇を噛みしめ目を閉じると、ランフォードが身じろぎする気配がした。

何をされるのかと身構えていると、彼が那月の肩口に顔を伏せ、背に腕を回された。

そのまま両腕に力をこめられ、きつく抱きしめられるような体勢になる。

――く、苦しい。

苦しいけれど、密着した胸から彼の心臓の鼓動が伝わってきて、ランフォードの重さや温もり、匂いを全身で感じ、那月はひどく落ち着かない気持ちになる。

思いもよらない状況に、那月が身動き一つ出来ずにいると、耳元でランフォードの囁きが落ちた。

「どうしたら、私を見てくれるんだ。お前が望むのなら、どんなものでも手に入れよう。欲しい物はなんでも与えてやる。だから、私の傍を離れようとするな」

――何を言ってるの……？

こんなのまるで、愛の告白みたいじゃないか。

でも、そんなはずない。

きっと自分に都合がいいように解釈しているのだ。

最愛の弟が気に入っている料理人をどうにかして引き留めようと、こんな言い方になってしまっただけで……。

——だって、ランフォードさんには婚約者がいる。

那月は舞い上がりそうになる心を戒め、掠れた声でこう言った。

「僕がお菓子を作れなくても、同じことを言ってくれますか?」

そこで止めなくてはいけないのに、想いが言葉となってこぼれていく。

「……なんでもくれると言いましたよね? なら、あなたをください。僕は、あなたの心がほしい」

耳元で彼が息をのむのがわかった。

ランフォードは身を起こし、信じられないといった表情でこちらを見下ろしてくる。

——ほら、やっぱり。

突然何を言い出すのかと驚いている。

お菓子を作れないお前に、用はないと。

心が欲しいなど、身の程知らずなことを言うな、と。

——早く、冗談ですよ、って言わなくちゃ。

それで、厨房にレシピを置いて、城を去る。

冗談だと言っても、こんなことを言った相手を、彼は気味悪がって引き留めることはないだろう。

これでようやく、当初の予定通りに出て行くことが出来る。

だが、目的を達成出来るというのに、那月の口から出てきたのは安堵の嘆息ではなく、涙だった。

変なことを言った挙句（あげく）に急に泣き出したら、いよいよランフォードに疎ましがられる。

涙を拭って泣いてないと誤魔化して、早く立ち去らないと……。

那月は袖で目元を擦るが、何度拭いても後から後から涙が溢れてくる。

躍起（やっき）になって擦っていると、その手を掴まれて制止された。

「強く擦ったら、傷がつく」

「いえ、いいんです。すみません」

最後にそんな優しい言葉をかけないでほしい。

ここにいたいと懇願してしまいそうになる。

反対の手で目元を拭うと、そちらの手も取られてしまった。

「やめろと言っているんだ。命令が聞けないのか？　私のものに、傷をつけるな」

「す、すみませ……」

——今、なんて？

私のもの？

何かこの部屋のものに傷をつけてしまっただろうか。

那月が狼狽えると、掴まれた手首を引っ張られ上半身を起こされた。

「あの……？」

「お前は、おかしなことばかり言う。私はお前に翻弄されてばかりだ」

先ほどの告白まがいな発言を指しているのだろう。

カッと顔を赤くし、モゴモゴと言い訳する。

「あ、あれは、なんていうか……」

「責めているわけじゃない。こんなに私の予想外の言動をするのはお前が初めてで、だから私は……」

手首の拘束を解かれ、代わりに頬を両手で押さえられて、そのまま唇を重ねられた。

——こ、これって、キ、キス!?

なんで、どうして!?

頭の中が疑問符でいっぱいになる。

那月が人形のようにされるがままになっていると、ランフォードが唇を離し、吐息が触れ合う距離で見つめてきた。

「だから私は、お前に心を奪われたんだ」

「それって、どういう……、んんっ」

聞きたいことを全部言う前に、再び口を塞がれた。

話している途中でキスされたから、開いたままの唇の隙間から、今度は舌を差し込まれ口内を蹂躙される。

キスだけでもいっぱいいっぱいなのに、頬にあった手が動き出し首筋や耳たぶを撫でられ、ビクッと身体が反応してしまう。

「ラ、ランフォー……、っ！」

唇が離れた隙に話そうとしても、またすぐにキスで塞がれる。

何度も何度も、角度を変え、深い口づけを与えられた。

──な、なん、なんでっ？

わけがわからない。

那月が困惑している間に、ランフォードが顔を伏せ首筋をついばんできた。

「あっ」

背筋がゾクリとし、反射的に甲高い声が上がる。

その反応が面白かったのか、彼は執拗に首を舐め、唇で食み、皮膚を軽く吸ってきた。

「っ……!?」

首筋にキスしながら、ランフォードの手は腰を撫で、シャツの下へと潜り込む。

――こ、これって、もしかして……。

彼が何をしようとしているのか悟り、頭が真っ白になった。

いったいどうしてこんな流れになったのかわからないが、とりあえず落ち着こうと息を吸い込む。すると、彼の髪からフワリと石鹸の匂いが香った。

その瞬間、一気に頭が冴え、渾身の力を込めて彼の肩を押し返す。

「何をするんだ」

あからさまに苛立った口調で咎められ、勇気がしぼんでしまいそうになる。

けれど、これ以上は駄目だ。

ランフォードの愚行を止めなくてはいけない。

「駄目、です。こんなことは」

「なぜだ」

「なぜって……、ランフォードさんには、大切な人がいるでしょう？　その人を悲しませるようなことをしたら駄目です」

どうして彼が自分に手を出そうとしたのかはわからない。

自分が彼に好意を抱いていると知り、こういう形で引き留めようとしたのだろうか？

だとしたらとても悲しいが、それよりも、婚約者がいる人が理由がなんであれ他の人に手をつけていいわけがない。

ランフォードはまさかそんな指摘をされるとは思っていなかったようで、訝し気な顔をした。

「大切な人とは、リュカのことか？」

「リュカくんもですけど、さっき、この部屋にいた人です」

深夜に一緒の部屋にいて、なおかつ二人から同じ石鹸の匂いがした。

それが何を指すのか、鈍い自分でもさすがにわかる。

――大切な婚約者を悲しませるようなことは駄目だ。

もし自分が彼女の立場だったら、結婚を約束した人が他の人と……なんて耐えられない。

たった一度のことだったとしても、とても悲しい。

――ランフォードさんが大切にしないといけないのは、僕じゃない。

泣き出しそうになるのを必死に堪えていると、再びランフォードに抱き寄せられた。

「私が国王としてではなく、一人の男として大切にしたいと思っているのは、弟のリュカとお前だけだ」

一瞬、その言葉を信じてしまいそうになった。

でも、これは自分を引き留めるための演技だ。

「もういいんです、わかってますから」

「何もわかっていない。私は、お前が菓子を作れるから、傍に置いておきたいわけじゃない。お前を愛している」

「……っ」

心が揺れる。

この言葉を信じたいと思ってしまった。

でも、頭の中に、先ほどの出来事が思い返される。

「婚約者がいるんでしょう？　パーティーで婚約発表をしたんじゃないんですか？」

「使用人の間でそのような噂が立っているのは耳にしている。だが、実際は今日のパーティーで特別なことはなかった。私に婚約者はいない」

「……え？」

嘘か本当か言葉だけでは判断出来ず、思わず彼の顔を覗き込んでいた。

目が合うとランフォードはフワリと微笑み、慈しむような優しい眼差しを向けてくる。

「だって、さっきの女性は？　ランフォードさんと同じ匂いがしたんです」

「彼女は私の身の回りの世話をしている使用人だ。先ほどは入浴の手伝いをしてもらっていた。もちろん彼女は服を着ていたが、浴室で待機していたから、匂いが移っていても不思議ではない」

――そうだったの？

あの時は姿を見たくなくて目を瞑っていたから、彼女の服装も何もわからなかった。

ただ彼と同じ匂いが香っていたことだけしか……。

とんでもない勘違いをしていたことが判明し、恥ずかしくてたまらなかったが、すぐにもう一つ疑問が浮かんできた。

「前にランフォードさんは、家臣の方に言っていましたよね？　花嫁は決めてるって。だから、もう花嫁召喚の儀式はしないって」

「……ああ、家臣に花嫁の儀式をするようしつこく言われて、そのようなことを言ったな。あれを聞いていたのか？」

「す、すみません」

盗み聞きしたことを知られてしまい、気まずくなって謝ると、ランフォードに頬を撫でられた。

「ずっと気にしていたのか？　それで、私が婚約するという噂を聞いて信じたと？」

「は、はい……」

「まさか、それが城を出て行こうとした理由か？」

ここまできたらもう言い逃れ出来ない。

那月はおずおずと打ち明けた。

「婚約するって聞いて、素直に祝福出来なかったんです。そんな僕が、お城にいる資格はないって思って……」

「それは、私を好いていたからか？」

「う……、はい」

肯定する声は気恥ずかしさからとても小さくなってしまったが、ランフォードにはしっかり聞こえたようだ。

上機嫌な明るい声色で確認するように尋ねてきた。

「なるほど、以前から私を意識していたから、目が合うと逸らしたのだな」

「はい、そう、です」

一生自分の胸に秘めておこうと決めていた秘密を何もかも洗いざらい暴かれて、那月はいたたまれなくなって身を縮こまらせる。

「他に隠し事はないか？」

問われてコクリと頷くと、額に軽いキスをされた。

「褒美に、私の秘密を教えてやろう。……先ほど、婚約者はいないと言ったが、実はいる」

「え……」

「正確には、花嫁だな。聞いただろう？　私がもう花嫁を決めていると言っていたことを。あれは嘘ではない」

那月が絶句すると、ランフォードは面白そうに目を細め、内緒話をするように耳元で囁いてきた。

「一度目の花嫁召喚の儀式は失敗に終わったと思われているが、実は本当に花嫁が現れたんだ。本来は形式的なものだが、儀式の時、花嫁を探す国王は自分が理想とする花嫁の姿を思い浮かべることになっている。私が思い浮かべた花嫁は、家臣が選んだ王妃に相応しい令嬢ではない。『リュカを健康に出来る者を花嫁に』とだけ願ったんだ」

唯一の家族であるリュカのことを、とても大切にしているランフォードらしい願いだと思った。

なら、つまり、リュカを健康に出来るお医者さんを花嫁に選んだのだろうか。

いずれにしても自分には関係ない話だ。

那月はしゅんと項垂れたが、彼の話には続きがあった。

「儀式が終わる前に、城を抜け出してしまったリュカを探すために私は街に出た。そこで若い男と共にいるリュカを見つけたんだ。その男は見たことのない装いをしていて、おかしなことを言ってきた。『気づいたらここにいた』と」

「……それ、僕、ですよね？」

「そうだ。……まさか、まだわからないのか？」

何をだろう？

考えてみてもわからなくて、那月が頭を左右に振ると、ランフォードは困ったように微笑んだ。

いつも自信に満ち溢れている彼のこんな表情は、初めて見た。

「その先は、お前も知っている通りだ。お前はリュカのために菓子を作り、それを食べているうちに、リュカの食事量も増えていき、少しずつ身体が丈夫になっていった。お前は知らないだろうが、リュカはひと月のうち半分は体調を崩し寝込むような生活をしていたんだ。お前が来てから、それもなくなった。……私が願った通り、リュカは健康になったんだ」

ランフォードは儀式の時に、リュカを健康にしてくれる人を求めた。

形式的なものだが、試しに願ってみたのだろう。

だが、その後にリュカは願い通り健康になった。

それを彼は、那月のお菓子のおかげだという。

そこまで考えて、ふと気づいた。

「えっと、それ、もしかして僕のことを花嫁って言ってるんでしょうか……？」

思い切って聞いてみると、ランフォードは安堵したように一つ息を吐き、ギュウッと那月を抱きしめながら言った。

「お前が私の求めていた花嫁だ。きっかけはリュカのことだが、もし今、お前が菓子を作れなくなったとしても、私の心は変わらない。気が弱そうに見えて芯があり、行動力を持つお前を、私は好きになったんだ」

こんな展開、全く考えていなかった。

嬉しいのに戸惑いが勝ってしまい、すぐに反応が返せない。

那月がただ抱きしめられるままになっていると、ランフォードが身を離し、顔を覗き込んできた。

「私の心が欲しいと言ったな。なら、私もお前をもらっていいか？」

――どうして、そんなことを聞いてくるの……？

国王なのだから、彼が望めば大抵のものは簡単に手に入る。

恋人だって、こんな素敵な人から望まれれば、拒む人なんていないだろう。

それに、ランフォードは常に国王たる風格を纏っている。

人に命令することに慣れている人なのだから、今この瞬間も、一言言えばいいのだ。

「私のものになれ」と。

それをせずに、那月の意思を確認してくれている。

――こんなのまるで、本当に僕のことが好きみたいじゃないか。

一夜の遊びを楽しむためではなく、心から愛している人を相手にしているような愛情と気遣いを、彼の言葉から感じた。

その時、那月の脳裏にずっと違和感を覚えていた出来事が浮かんだ。

ランフォードはいつも、那月が目を逸らすと、「私を見ろ」と言ってきた。

彼は国王なのに、なぜか頻繁に厨房を訪れた。

リュカの勉強に那月がつき添っている時も、毎日様子を見に来た。

那月を街に連れ出してくれたこともあったし、店で欲しい物を買ってくれ、砂糖が欲しいと言ったら国を挙げての事業にしてくれて、ホイッパーもわざわざ職人に作らせて……。

傲慢な言動の陰に隠れて気づかなかったが、ランフォードはいつも自分を気にかけてくれていた。

よくよく考えれば、一国の王が料理人のことをこんなにも気にするわけがない。

あれは全部、ランフォードが自分を大切にしてくれていたからこその行動だったのだ。

――僕は、自分の気持ちを隠すことばかりに一生懸命で、何も気づかなかった。

那月はようやくランフォードの気持ちに気づき、胸がいっぱいになる。

彼が那月の手を取り、そこに口づけを落とす。

「愛している。どうか私の花嫁になってほしい」

もう、答えは決まっている。

でも、喉の奥に熱い塊がこみ上げてきて、上手く言葉を紡げない。

だから那月は両手を広げ、大好きな人に抱き着いた。

自分も同じ気持ちだと伝えるために。

ランフォードは那月の震える身体を、しっかりと包み込んでくれた。

「ん、苦し……っ」

スプリングの効いたベッドに横たえられ、息が出来ないほどの激しいキスを与えられ、那月は息苦しさに顔を歪める。

「平気か？」

自分を見下ろすランフォードが甘い声で尋ねてきて、それだけでドキリと心臓が大きく脈打つ。

那月がコクリと頷くと、彼が首筋に顔を埋め、ゾロリと舌で舐め上げてきた。

「はっ……っ」

そんなところ、自分で触ってもなんとも思わないのに、彼に触れられるとゾクゾクした快感が背筋を這い上ってくる。

何かに掴まっていないと身もだえてしまいそうで、那月は両手を天井に向かって伸ばしていた。

本当はランフォードの背中にしがみつきたい。

でも、それをしていいのかがわからず、躊躇ってしまう。

——僕から触ってもいいの？

何か余計なことをして、彼の興味が削がれたらどうしよう。

恋愛経験がない那月には、こういった場面でどう振る舞うのが適切なのかわからず、嫌がられるのが怖くて指一本自分から触れることが出来なかった。

「この手はなんだ？」

「え、えっと、なんでもないです」

不自然に浮かした手を、ランフォードが指摘してきた。

なんとも言いようがなくて言葉を濁すと、ランフォードは那月が着ていたシャツのボタンを手早く外し、肩から抜き取った。

部屋の暖炉には薪がくべられ、室内を暖めてくれている。

だが、冬が近づき夜の寒さが厳しくなっているせいか、素肌にひんやりとした冷気を感じた。

でも、そんなことを口に出したら雰囲気を壊してしまう気がして、那月は我慢して寒さに耐えようとした。

「寒いか？　なら、私に抱き着いていればいい」

ランフォードもバスローブを脱ぎ捨て、那月の手を自身の背中へと誘導する。

――あったかい。

彼の筋肉で覆われた背中は、張りがありとても触り心地がいい。

自分とは全然違う。

理想的な綺麗な身体に触れているうちに、もっと全身で感じたくなって、胸元にそうっと頬を寄せていた。

そうすると、規則正しい心臓の鼓動が聞こえ、那月はうっとりと目を閉じる。

「遠慮せず、好きに触れればいい。私はお前のものなんだろう？」

揶揄い（からかい）の混ざった声色で言われ、那月は思わず手を引っ込めてしまう。

それが面白かったのか、ランフォードが肩を揺らして小さく笑った。

「本当に、予想外の動きをするな。やっと抱きしめてくれたのに、手を引っ込めるとは」

「……すみません」

笑いが収まると、ランフォードは熱のこもる瞳で見下ろしてきた。

「謝るな。慣れていないお前が、この先どう変化していくのか楽しみだ」

手を取られ甲（こう）にキスを落とされ、那月はもう恥ずかしいやら嬉しいやらドキドキするやらで、真っ赤になってしまった。

「一つ一つ、教えてやろう。だが、今日は私の好きなようにさせてくれ。いいな？」

「は、はい、よろしくお願いします」

慣れていない自分に何か任されても、上手く出来る自信はない。

それならランフォードのしたいようにしてもらうのが一番だろう。

律儀にお願いすると、彼はまた笑った。

リュカに向けるような優しい笑顔を、ずっと自分にも向けてほしいと密かに願っていた。

けれど、それは分不相応な願いだと、叶うことはないと諦めていた。

しかし今、ランフォードは自分に優しい眼差しを向けてくれている。

――好きな人に好きになってもらえるって、こんなにも幸せなんだ……。

胸が甘苦しく締めつけられ、那月は衝動に突き動かされるように自ら唇を重ねていた。

「急に積極的になったな」

「嫌、ですか？」

「いいや、その気になってくれて嬉しい」

言うや否や、ランフォードが今度は胸元に唇を寄せてきた。

薄い胸の上をあちこちついばまれ、甘い声が漏れそうになる。

「声を我慢しなくていい。誰も聞いていない」

「でも、外に護衛の方が……」

「気にしなくていい。彼らは私のプライベートに踏み込んでこない」

そうは言っても、やっぱり気になってしまう。

女性ならいざ知らず、自分のような男とベッドを共にしているという噂が流れたら、ランフォードの評判に傷がついてしまう。

自分はなんと言われてもかまわないが、彼には嫌な思いをしてほしくない。

「何を考えている？」

「あっ！」

突然、キュッと胸の突起を摘まれ、大きな声が出てしまった。

やめてほしいのに、今は口を開いたら嬌声がこぼれそうで、何も言えない。

口を手で覆い、声を押し殺している様を見て、彼は執拗に突起を刺激してくる。

「ふっ……、ん、んっ」

吐息をこぼすと、ランフォードが片方の突起を口に含み、舌で転がすように弄ぶ。

「やぁっ、やめ……っ」

ついに上擦った声が漏れてしまい、慌てて口を両手で塞ぐ。

「強情だな、かまわないと言ったのに」

僕はかまうんです、と潤んだ瞳で訴える。

「私は好きにさせてもらう」

彼は宣言するようにそう言うと、胸から腹へと大きな手のひらを滑らせていく。

腰を撫でられながら、臍のあたりにキスされる。

そのままランフォードの頭はゆっくり下へと移動し、感触を確かめるように薄い茂みにザラリと指を這わせてきた。

「そ、そこは……っ」

恥ずかしさのあまり、飛び起きて彼の肩を押して引き離そうとした。

しかし、その手を軽く払われ、頭をもたげ始めた中心に長い指を絡められる。

「あぁっ」

人に触られたことのない中心は、予測出来ない動きから生み出される快楽に敏感に反応し、あっという間に硬く張り詰めていく。

「い、いやっ」

腰を引こうとしてもがっちり抱え込まれ、逃げられない。

恥ずかしくてやめてほしいのに、身体は貪欲に快感を求めてどんどん下腹部が甘く重くなっていく。

ビクビクと腰が戦慄き、絶頂が近いことを悟ったランフォードは、さらに手の動きを速めてきた。

「あっ、んん……っ、もう、だめ……っ！」

あっけなくも昇り詰め、息がクッと一瞬止まった直後、痺れるような快感と開放感が広がっていく。

腹の上にパタパタと飛沫が飛び散った感触を覚えたが、一度堰を切ってあふれ出した白濁は止めようもなかった。

「や……っ、見ない、で……っ」

無意識に手を伸ばし、彼の目元を覆う。

そんなことをしても無駄なことはわかっているが、そうでもしないと羞恥心を抑えようがなかった。

その手をそっと下へ降ろされ、手のひらにチュッとキスされて、敏感になっている身体は小刻みに震えた。

ランフォードは繰り返し何度も手のひらにキスを落とした後、那月の指を口に含んだ。

那月が見ているとわかっていて、彼は赤い舌を出し、指を一本一本執拗に舐めていく。

その妖艶な姿から目が離せなくなり、那月は喉をゴクリと鳴らして唾を飲み込むと、震える声で懇願した。

「や、やめて、ください」

「お前はどこもかしこも甘い匂いがする。お前の作る菓子も美味そうだと思ったが、それ以上にお前をこうして口に含んだらどんな味がするのかと、ずっと気になっていたんだ」

そんなことを考えていただなんて、全く気づかなかった。

指先をきつく吸われ、下腹部がまた熱くなってきてしまう。

さっき放ったばかりなのにいやらしい男だと思われたくなくて、ゆっくり指を引いた。

「おい、何をする？」

「すみませ……、今日は、ここまでにしましょう」

ベッドから降りようとズリズリ這って移動すると、足首を掴まれ一気に引き戻された。

「お前が嫌がるならここで終わりにする。だが、何が嫌だったかは聞かせてくれ」

「え、えっと……」

「私に触られること自体が嫌だったのか？」

眉間に皺を刻み低い声で尋ねられ、途中で逃げ出そうとしたことを怒っているのだと思った。

しかし、緑色の綺麗な瞳の奥に、どこか不安そうな色が窺えたのだ。

——もしかして、怒っているわけじゃない？

これまで睨まれるたびに、怒っているのだと萎縮した。

しかし、本当に怒っていたなら、自分はその時に摘まみ出されていただろう。

それをせずに、彼は自分を城に置いてくれた。

——心配しているとか、傷ついているとか、そういう感情だった……？

今はたぶん、不安なのだ。

自分が何かしてしまったから那月が逃げようとしたのではと思い、不安を感じている。

以前はわからなかったけれど、今ならわかる。

——僕と一緒だ。

大好きだから、嫌われるのが怖い。

ようやく手に入れた人を、失いたくなくて必死なのだ。

ランフォードの気持ちが痛いほどわかり、那月は彼を安心させるために、恥ずかしさを押し込めて伝える。

「本当は、もっと触ってほしいって、思ってるんです。でも、それが恥ずかしくて……」

言い終わらぬうちに、彼に強く抱きしめられた。

耳元で詰めていた息を吐き出したのが聞こえ、自分の思っていたように不安を感じていたのだと悟る。

那月も心のままに彼の背中に腕を回し、ぴったりと肌を合わせた。

二つの心臓の音がシンクロしたように、ドキドキと拍動している。

——僕だけじゃないんだ。

求めているのは自分だけじゃない。

それが合わせた肌から伝わってきた。

どちらからともなくキスを交わし、ベッドに倒れ込む。

ランフォードの指が那月の下腹部に伸び、勃ち上がったそこを片手で包み込む。そして、もう片方の手を、さらに奥へと伸ばしてきた。

「んっ」

何も受け入れたことのないそこを、指で撫でられ軽くノックされる。

どうしても身体が強張ってしまい、那月が息を詰めるたびにあやすように中心へ刺激を与えられた。

それを何度も繰り返し、触れられることに慣れてきた頃。

唾液で湿らせた指が、ゆっくりと後孔へ差し込まれたのだ。

「うっ……っ」

未知の感覚に恐怖を感じ、ギュッとシーツを握り締める。

指はほんの少し潜り込んだところで動きを止め、緊張を解すように、中心を握る手をゆるゆると上下に動かされた。

「あ、んっ、あっ」

優しすぎる刺激がもどかしく、小さな声が漏れてしまう。

意識が完全に中心へ向いたことを確認し、ズズッとまた後孔に指が侵入してくる。

腰がビクンと跳ねたが、中心の先端を親指の腹でクルリと撫でられ、その強い刺激に息が止まりそうになった。

「それ、や……っ」

先端をいじられながら、後ろにある指を動かされる。

何も知らない身体は、後孔をいじられて気持ちいいのか、それとも中心を刺激されて気持ちいいのか、どちらかわからなくなっていく。

「あんっ、あっ、あっ、あぁっ!」

静かな室内に、淫靡な水音と自分の喘ぎ声が響く。

ふとそれに気づいてしまい、再び両手で口を押さえ声を押し殺した。

「ふ、ふっ……っ」

息が上がり、呼吸が乱れ、目尻からは涙が零れ落ちる。

前も後ろも気持ちいい。

特に、後孔にある指がある部分を掠めると、今まで感じたことのない大きな快感が生まれ、那月は身もだえた。

——もっと……っ。

恥ずかしいのに、もっとしてほしい。

もっと強い快感がほしい。

那月は潤んだ瞳でランフォードを見やる。

彼は両手を巧みに動かしながら、こちらの様子を窺うように見つめていた。

彼の情欲を滲ませた熱のこもった瞳をじっと見つめ、早くして、と心の中で叫ぶ。

声に出していないのにそれが伝わったのか後ろからズルリと指が引き抜かれ、ランフォードは那月の両足を抱えると腰を進めてきた。

熱い切っ先が後ろへあてがわれ、ゆっくりと中へ侵入してくる。

「っ……っ！」

狭いところを大きな熱塊で切り開かれる感覚に、那月は息を詰める。

ランフォードがしつこいくらいに慣らしてくれたので痛みは感じなかったが、経験したことのない圧迫感に、生理的な涙がこぼれた。

「辛いなら、ここまでにするか？」

「だい、じょうぶ、です」

本当は大丈夫ではない気がする。

でも、ここでやめられる方が辛い。

彼と身体を繋げることすら出来ないのかと、後で落ち込む気がした。

「もしこれから先、やめてほしいと思ったら、すぐに言うんだ」

「は、い……」

ふう、と息を吐き、身体から力を抜くよう努力する。

今、自分の身の内にあるのはランフォードの一部。

好きな人が自分を求め、身体を重ねようとしてくれている。

そう思ったら愛おしさがこみ上げてきて、ねだるように足を彼の腰に擦りつけていた。

「っ……、おい、あんまり煽るようなことをするな」

苦しそうなうめき声と共に注意されたが、急に身体の奥が熱くてたまらなくなって、勝手に腰が蠢（うごめ）いてしまう。

「どうなっても、知らないからな」

低い呟きが落ちた直後、ふいに奥まで強く穿（うが）たれた。

「あっ……！」

衝撃で背中がのけぞり、ランフォードの動きに合わせて身体を揺さぶられる。

さっきは脅しのような言葉を口にしていたのに、彼はゆっくりと慎重に腰を動かし、なるべく那月に負担をかけないよう気遣ってくれている。

彼に大切にされていることを実感し、那月はまた涙を流す。

「辛いか？」

「ん……」

頭を振り、違うと伝える。

これは苦痛からの涙ではない。今この時が幸せで、流れた涙だ。

ランフォードはホッと息を吐き、少しずつ腰の動きを大きくしていく。

那月の身体も徐々に慣れてきて、時折快感を覚えるようになっていた。

「あ、ん……っ」

その時、彼の中心の張り出した部分が、鋭い快感が生まれる一点を抉った。

那月の内腿が痙攣したように小刻みに震え、中心からは濃い蜜が滴り落ちる。

「はぁ、あっ、は……っ」

口元を押さえていなかったら、きっとあられもない嬌声を上げていただろう。

初めてなのに我を忘れて快楽をむさぼる様を隠そうと、那月はなけなしの理性でなんとか声を我慢する。

「んん！　はっ、……っ！」

ランフォードは那月の身体の反応から、どこが感じるポイントなのか探り当て、そこばかり狙って腰を打ちつけてきた。

――も、もう、だめ……っ。

そこを執拗に抉られて、那月は意識が飛びそうになってしまう。

もう、全身どこを触られても気持ちいい。

人と肌を合わせることが、こんなにも満たされるものだとは思わなかった。

彼も同じように感じてくれているのか、いつしか腰の動きが遠慮のないものへと変わっていた。

深く強く穿たれ、それを何度も繰り返される。

彼の中心を包み込んでいるところが、はしたなく貪欲に蠢いているのを自分でも感じた。

――また……っ。

触れられていない那月の中心が一回り大きく膨らみ、今にも弾けてしまいそうな状態にまで張り詰める。

その時、ランフォードが荒い呼吸の合間に、一つの命令を下してきた。

「手を外せ」

そんなことしたら、大きな声を上げてしまう。

絶頂間近で、声を抑えきる自信はない。

那月が言うことを聞かないでいると、色気の滲む掠れた声音で甘えるようにねだられた。

「口を覆っていると、キスが出来ない。私は今すぐキスしたいのに、お前は違うのか？」

「……っ」

そんな言い方をされたら、受け入れないわけにはいかない。

那月はそろそろと手を下ろし、ランフォードの首に両手を回す。

そうして重ね合わせた唇は、とろけそうなほど甘く、那月は恍惚（こうこつ）とした表情を浮かべ瞳を閉じる。

その瞬間、ランフォードの中心がググッと奥まで侵入し、切っ先を最奥に押しつけられた。その直後に中に熱い奔流（ほんりゅう）を感じ、那月の中心も同時に爆（は）ぜる。

「あぁっ、――――っ！」

快楽の証（あかし）を放出し、互いに強く抱きしめ合う。

意識が朦朧（もうろう）としている中、ランフォードがリュカとよく似た無邪気な笑顔を象りながら、こう呟くのが聞こえてきた。

「思った通り、どこもかしこも甘い」

「え……？」

「パーティーでお前が作ったケーキより、とても甘い。ナツキが傍にいると、甘くて、とても幸せな気持ちになる」

——今、僕の名前……。

この世界で自分を『ナツキ』と呼ぶのはリュカだけだった。

彼は頑なに他の皆と同じように、『カンラナツキ』と呼んでいた。

それが自分をただの使用人としてしか見ていないのだと言われているようで、呼ばれるたびに少し寂しかったのだ。

急に『ナツキ』と呼ばれて、驚きのあまり、まじまじと彼を見つめてしまう。

あんまりにも見つめられるから居心地が悪くなったのか、珍しくランフォードの方から目を逸らされた。

「私にそう呼ばれるのは不満なのか？」

照れ隠しか、少し強い口調で問いただされたが、本心で怒っているわけではないことを、もう那月は知っている。

愛情表現が下手な恋人の頬にキスをしてご機嫌を取りながら、幸せ過ぎて自然と微笑みがこぼれていた。

「いいえ、嬉しいです。僕のことをここでそう呼んでくれるのは、リュカくんと、ランフォードさんだけですから」

最初は怖い人だと思っていた。

しかし、少しずつ彼を知っていくうちに、いつしか惹かれていった。

そして想いが通じ合った今、知らなかった彼の一面を知るたびに、もっともっと彼を好きになっていく。

異世界に召喚され、一時はどうしたらいいのか戸惑いもしたが、今は彼に呼ばれてよかったと心から思う。

「う、寒い」

ブランケットから肩を出していた那月は冷気を感じ、ブルリと身を震わせる。

当たり前のように抱き寄せてくれる腕にホッと安堵しながら、温かな胸に顔を埋め、幸せいっぱいで眠りについた。


ベルローツ王国は厳しい冬が過ぎ去り、雪が解け春が来て、また夏を迎えようとしている。

那月は今日も朝から厨房で忙しく働きながら、先ほど届いたばかりのてんさい糖を手に取り、口元をほころばせていた。

――これからは、てんさい糖を使ってお菓子を作れる。

はちみつもいいが、はちみつだけでは作れないお菓子もたくさんある。

特にメレンゲを作る時に砂糖は欠かせないため、てんさい糖が手に入りやすくなったことで作れるお菓子の幅が格段に広がった。

今日の三時のティータイムのお供はシフォンケーキ。

大きなドーナツ型の型は、ランフォードにお願いして作ってもらったものだ。

ランフォードは欲しいものをいつも与えてくれる。

他にもクッキー型や、ケーキのデコレーションに使う生クリーム用の紙製絞り袋、パレットナイフに回転台など、少しずつ器具を揃えてくれた。

もちろん、これらはこの世界にはないものなので、那月から形状を聞いた職人が特注で作ってくれている。

どれも皆、何よりも大切な宝物だ。

ランフォードがなんでも我がままを聞いてくれるから、那月が使っている作業台は、もうすっかりお菓子作り専用になっている。

那月は焼きあがったシフォンケーキを大きな皿に乗せ、取り分け用のカトラリーも用意し、てんさい糖で甘みをつけた生クリームを小さなココット皿に絞り出す。

ちょうどその時、使用人頭がやって来て、那月も完成したシフォンケーキをワゴンに乗せた。

そのままいつものようにランフォードとリュカが待つ部屋へ向かうと思っていたが、使用人頭は違う方向へワゴンを押していく。

「今日はいつもと違うお部屋なんですか？」

那月の質問に使用人頭が「はい」と答える。

「今日は天気がいいので、庭で召し上がるそうです。バラの花が見頃なので」

使用人頭について外に出て、花壇の間に作られたレンガ敷きの小道を進んでいく。

しばらく行くと、見事に咲いたバラに覆い隠されるようにして建つ東屋が見え、テーブルの前のイスに、リュカとランフォードが並んで腰掛けていた。

「あっ、ナツキー！」

こちらに気づいたリュカが大きく手を振ってきて、那月もそれに応えるように手を挙げる。

待ちきれないのか、リュカはイスから降りて那月に向かって駆けて来た。

「きょうのおかしはなあに？」

「シフォンケーキだよ。焼きたてだから、まだ温かいと思う」

「うわあ、おいしそ～」

ニコッと笑う笑顔はたまらなく可愛らしいが、去年より少しお兄さんっぽい顔立ちになっている。

ここに来て、もうすぐ一年。

城でのパーティーが終わり数日が過ぎた頃、初雪がちらついた。

雪は降ったりやんだりを繰り返し、本格的な冬になると毎日降り続いた。

そうして三ヵ月近く一面真っ白な雪で覆われ、那月はリュカと空き時間に雪合戦したりして遊び、ランフォードも雪の間は城の外へ視察に行くことはほとんどなく、時間に余裕が出来たので、三人で過ごすことが多くなった。

そうして現在。

昼間は一緒にいる時間が減ってしまったものの、夜リュカが眠りについた後、毎晩彼の部屋へ行き共に過ごしている。

早朝から厨房に立つ那月の体力に配慮して、ただ一緒にベッドで眠るだけの日もあるが、ランフォードの温もりに包まれながら眠りにつく日々は、とても幸せだ。

「ナツキ以外は席を外してくれ」

　ティータイムの準備が整うと、ランフォードは人払いをした。

　護衛は見えない場所で待機しているようだが、まるでおとぎ話のようにバラ園の中で三人で秘密のお茶会をしているようで、なんだかワクワクしてくる。

「ナツキもすわって～」

「うん。でも、その前にシフォンケーキを切り分けるね」

　ナイフで八等分にし、一切れずつ皿に乗せ、生クリーム入りのココット皿を添える。

「うわあ、いいにおいがする。やさしくて、こころがふんわりする、ナツキとおんなじにおい」

「自分じゃあわからないんだけど、そんなに甘い匂いがするかな？」

「うん！　ぼくのだいすきなにおいだよ」

「そう？　ありがとう。僕も、リュカくんの太陽みたいな香りが好きだよ」

　小さい頃からお菓子の匂いに包まれて育ったから自分ではあまり自覚はないが、リュカが好きだと言ってくれるなら嬉しい。

「ナツキ、もうたべていい？」

「いいよ。おかわりもあるからね」

「やった～」

リュカがフォークで端っこを切り、クリームをつけて口に運ぶ。

モグモグ口を動かし幸せそうに食べる姿を見ていると、こちらまで笑顔になる。

「きょうのおかしも、おいし～」

感激したのか身体をプルプルさせながら言われて、愛らしい仕草にクスクスと笑い声が漏れてしまう。

「クリーム以外にも、ジャムをつけても美味しいんだよ。あとは、メープルシロップとか」

「メープルシロップ？」

「この国にはないのかな？　こういう、ちょっと変わった葉っぱの木から採れる樹液を煮詰めたものなんだ。はちみつに似てるけど、また違った甘みがあって美味しいんだよ」

「にいさま、メープルシロップ、ないの？」

さっそく食べてみたくなったようで、リュカがランフォードに尋ねる。

しかし、ランフォードも心当たりがないようで、首を左右に振った。

「見たことないな。だが、探せばあるかもしれない。探させてみよう」

リュカは喜んでいるが、那月はまた彼に我がままを言ってしまった気がして慌ててしまう。

「何かのついででいいですよ？　わざわざ探しに行ってもらうのも申し訳ないですし」

「国中に伝達を出して、どこかで見かけなかったか情報を募るだけだ。もし見つかってそのシロップが作れた場合、茶菜粉のように我が国の新しい特産品になる。国庫も潤（うるお）うことになるから、誰も文句は言わないだろう」

去年、国が主導して山地を開拓し、てんさいの栽培に着手した。

雪が降る前に一部の開墾が終わり、例年よりも多くのてんさいを植えて、今年はよりたくさんのてんさい糖が作れる見込みになっている。

それらは村の人々が使う分以外は城へ収めてもらう予定で、今はまだ多くの人の手に渡るほどの量は作れていないが、誰しも気軽に使えるような調味料にしていくことが目標だ。

砂糖はどこの国でも貴重なもので、今後、さらに農地を拡大していき他国に輸出出来るようになれば、ベルローツ王国の新たな特産品になる。

外貨を得られれば、この国で暮らす人々の生活も潤うだろう。

ランフォードはメープルの木を探してシロップを作れたならば、より国が豊かになると考えたらしい。

「ナツキが来てくれてから、リュカは進んで食事を食べるようになり、ベルローツ王国も新たな活路を見いだせた。お前から与えてもらってばかりだな」

ランフォードはそう言ってくれるが、那月も同じことを感じている。

「僕の方が色々もらってます。お菓子作りの道具も、すごくたくさん用意してもらってますし……。ランフォードさんは、僕の我がままを聞き過ぎている気がします」

那月がそう言うと、彼はフッと笑った。

嬉しいけれど、こんなにしてもらっていいのかと恐縮してしまう時がある。

「お前が欲しがるものは、菓子作りに必要なものだけだ。王妃なら、たくさんのドレスや宝石を欲しがるだろうに。それと比べれば、色々な意味でお前が欲しがるものはどれも可愛いものだ」

「ランフォードさん、王妃って……」

「そうだろう？　私が別の世界から呼び寄せた花嫁なのだから」

「そう、ですけど……」

二人の関係はまだ公表していない。

男が王妃に、なんて前代未聞だからだ。

ランフォードは那月が望めば、誰に反対されようとねじ伏せて正式な王妃にする、と言っているが、そんな大それたことは出来ないと全力で止めている。

そして、ランフォードは那月を傍に置くと決めてから、次の国王はリュカに任せようと決めているようだ。

だから那月が子供を産めなくても、問題はないと言う。

――いつか本当に王妃になっちゃいそう。

那月のどんな願いもいとも簡単に叶えてしまう人だから、やろうと思えば出来てしまう気がするが、一般家庭で育った那月には王妃なんて荷が重すぎる。

那月がそんなことをグルグル考えていると、ランフォードがふと声のトーンを落とした。

「私は、恐れているんだ。いつかお前が私の元を去ってしまいそうで……。私の勝手でこちらの世界に召喚してしまったから、もし戻れる方法が見つかったら、お前があっさり帰ってしまうのではないかと、時々考えてしまう。だから、王妃という立場を与えて、私に縛りつけておきたいんだ」

この国に来たのは、自分の意思でではない。

元の世界には両親との思い出も、仕事もある。

でも、一度自分はそれらを手放そうと考えていた。

夢だったパティシエの仕事も辞めてしまおうと考えるくらい、心が弱っていたのだ。

でも、この国に来てリュカとランフォードと出会ったことで、自分が本当にお菓子作りが好きだということを気づかせてもらった。

「僕は、ここでお菓子を作るのが幸せなんです。もしあなたが僕をいらなくなったとしても、厨房の隅っこでいいので、お菓子を作らせてください」

ランフォードは少し眉根を寄せ、不機嫌そうな声で言った。

「私の心が離れていくと、疑っているのか？」

那月は可笑しくなって笑いながら返す。

「僕も同じです。僕が元の世界に戻りたいと、一度でも言ったことがありますか？」

ランフォードはハッとした顔をし、気まずそうに目を逸らす。

そんな彼を、とても愛おしいと感じた。

那月は彼の手にそっと自分の手を重ねる。

もうこの手を離すことなんて出来ない。

リュカのことも、もちろん大切だ。

自分がいる場所はここなのだと、ずっとこうして三人で毎日を綴っていきたいのだと心から願っていることが、どうか彼に伝わりますように。

那月はこうして今日も愛する人の傍にいられることに、大きな幸せを感じていた。

おわり

あとがき

このたびはお手に取っていただき、ありがとうございます。

今作は私の大好きなお菓子をテーマに書かせていただきました。

砂糖が手に入りにくい異世界に迷い込んだパティシエの那月(なつき)が、国王のランフォードと出会い、食の細い王弟・リュカの専属パティシエに任命され、お菓子を知らなかった人々に美味しさを伝えていく、というお話になっています。


大の甘党で自分でもよくお菓子作りをするので、楽しくスラスラ書けるだろうと思っていたのですが、いざ書き始めたらすぐに砂糖がない問題に直面し、頭を悩ませました。

そもそもどうやって砂糖は作られるのだろう？　色んな種類があるけど、どんな違いがあるのかな？　栽培方法は？　精製方法は？　と、多岐に渡り調べて、ずいぶん砂糖に詳しくなりました。新しいお話を書くたびに色々と調べるので勉強になります。

そうして、作中で使う砂糖は土地の気候を考慮して、てんさい糖にしました。

ですが、てんさい糖を使ったお菓子を食べたことがなく、実際に自分で作ってみようと思っていたところ、某コンビニでてんさい糖を使ったクッキーを発見して味を確認することが出来ました。コンビニに感謝です。


今作は電気が通っていない異世界が舞台のため、砂糖の他にもオーブンや器具がないことでも悩みました。

レシピもないのですが、きっとプロのパティシエだったらこの状況下でも美味しいお菓子を作ってくれるはず！　と那月に頑張ってもらうことに。

そして那月が活躍するために作者の私は、はちみつを使ったお菓子のレシピを調べまくりました（笑）

はちみつのお菓子、あまり作ったことがなかったので私のレパートリーも広がりました。

「お菓子のお話が書きたい！　だってお菓子が好きだから！」という熱い想いだけで書くことにしたこのお話ですが、実際書いてみての感想は、「異世界でお菓子作りをするのはすごく大変だな」です。

私的に一番困ったのはオーブンがないこと。

電気って偉大です。


お菓子作りの苦労話はこのくらいにして、私が個人的に思い入れのあるシーンをご紹介させていただきます。

それは中盤あたりの、元気のない那月を笑わせようとリュカが変顔するシーンです。

昔、ご近所に住むお子さんたちが外で遊んでいた時、転んで泣きそうになっている子をお友達が一生懸命変顔して笑わせようとしていたのを見て、「心配するだけじゃなく笑顔にしようとするなんて、なんて優しい子なんだろう」と感動し、いつかどこかでこのエピソードを入れたいと思っていました。念願が叶って嬉しいです。


あと、思い入れとは少し違うのですが、あるシーンを自主的に大幅に書き直してます。

どこかというと、ランフォードが那月にホイッパーをプレゼントするところです。

(※ここから先は本編をお読みいただいた後にご覧ください。ランフォードのイメージが崩れます)

元々は、ホイッパーを渡した時にランフォードが那月の匂いの違いに気づき、クンカクンカ嗅ぎ、「近っ!?」と身を引こうとした那月の腰をホールドしてクンカクンカし続ける、というセクハラを通り越して変質者並みの暴走をしていたため、「さすがにこれはいかん！いくら顔がよくても国王でもいかん！」と書き直しました（笑）

なぜこんなにクンカクンカさせたかというと、お菓子の甘い匂いを表現したかったからです。でも失敗してランフォードがセクハラしてるだけになってしまいカットしました。

この幻のシーンのランフォードの印象が強すぎて、以降も私は心の中で彼を「変態国王」と呼んでいます（笑）

あ、もうちゃんと書き直しましたので、全然変態ではないのでご安心を。

ちょっと愛情表現の仕方と表情筋の使い方が下手で、言い寄られることはあっても言い寄った経験がないから財力で那月の気を引こうとしてるくらいの、普通の人になってます！

そうそう、名前についてのエピソードもありました！

登場人物の名前を考えていた時に、「せっかくだからお菓子にちなんだ名前がいいな。甘そうな名前が」と思い、「そういえば甘楽（かんら）町ってあったな。甘そうだから苗字はこれにしよう。下の名前は、お菓子にも使うナッツから連想してナツキで」といった流れで『甘楽那月』になりました。

ランフォードとリュカは……なんとなく思いついた名前です（笑）

さてさて、お話はいったんここで終わりましたが、これから先も三人で仲良く暮らしていってくれるといいな、と思ってます。

今後、那月は作業場を少しずつグレードアップしていって、色々と美味しいお菓子を作ってくれることでしょう。

ランフォードはもう少し愛想よくしてほしいかな。

リュカはとりあえずたくさんご飯を食べて、スクスク成長していってくれればそれだけでいいです！

今作のイラストは、前作と同じく周防佑未（すおうゆうみ）先生に描いていただきました。私の想像以上に素敵なイラストにしてくださって嬉しいです。ありがとうございました。

そして、今作でも担当様には大変お世話になりました。いつもありがとうございます。

なによりもこの本をお読みくださった皆様、本当にありがとうございます。

もしかしたら初めて私の本をお手に取ってくださった方がいらっしゃるかもしれません。

どこか一文でもお心に残るものがありましたら幸いです。
いつもお読みくださっている方も、今作もお手に取っていただけてとても嬉しいです！
またどこかでお会い出来ましたら幸いです。
最後までお読みくださり、ありがとうございました。

星野　伶

セシル文庫をお買い上げいただき、ありがとうございます。
この本を読んでのご意見・ご感想・ファンレターをお待ちしております。

☆あて先☆
〒154-0002　東京都世田谷区下馬6-15-4
コスミック出版　セシル編集部
「星野 伶先生」「周防佑未先生」または「感想」「お問い合わせ」係
→EメールでもOK！ cecil@cosmicpub.jp

セシル文庫

暴君王に愛のレシピ ～弟王子の専属お菓子係になりました～

2024年７月１日　初版発行

【著 者】　星野 伶（ほしの れい）
【発 行 人】　佐藤広野
【発 行】　株式会社コスミック出版
〒154-0002　東京都世田谷区下馬 6-15-4
【お問い合わせ】　- 営業部 -　TEL 03(5432)7084　FAX 03(5432)7088
- 編集部 -　TEL 03(5432)7086　FAX 03(5432)7090
【ホームページ】　https://www.cosmicpub.com/
【振替口座】　00110-8-611382
【印刷／製本】　中央精版印刷株式会社

乱丁・落丁本は、小社へ直接お送り下さい。郵送料小社負担にてお取り替え致します。
定価はカバーに表示してあります。

ISBN978-4-7747-6563-1 C0193